U0491150

国际大奖儿童文学

INTERNATIONAL AWARD-WINNING CHILDREN'S LITERATURE

国际大奖儿童文学

吹牛大王历险记

［德］埃·拉斯伯　［德］戈·毕尔格 著
欣然 编译

科学普及出版社
·北京·

前言

随着年龄的增长，人会越来越需要阅读，不只是因为在现实世界中我们需要不断进行知识升级，更是因为我们需要故事。故事是精神的食粮，使我们不致荒芜地走完人生的旅程。一个人的所有经历，从成为回忆的那刻起，便成为这个人独有的故事。我们在阅读故事时，会笑，会敬畏，会充满激情地去行动，会想改变什么，会更加了解人之为人的原因。

我们可以通过阅读一本本经典之作，了解别人的故事，反思我们自己的人生。阅读让我们不必亲身经历苦难而知道苦难。阅读也可以让我们重构过去，塑造现在，面向未来。对于孩子来说，也是如此。他们的喜怒哀乐，可以通过阅读找到共鸣，获得抚慰。

一个人在七八岁，或者更早一些的年纪，捧起第一本满篇都是文字的书，这便是独立阅读的开始。如果这本书是世界经典作品，那么它将告诉孩子，在哺育他的文化背景之外，还有另外一种文化。除了他看到的、想到的，还有一个人用另一种视角、另一种思想看待和理解我们这个世界。这种美妙的阅读体验，有时会被难以理解的词汇和拗口的语句阻碍，有时会被个人有限的知识束缚，有时会被过长的篇幅和未养成的阅读习惯牵制……

  为了避免给孩子带来以上问题，在编译这套"国际大奖儿童文学"书系时，我们邀请了一线教研人员和儿童文学作家，一遍遍打磨本书系的语言，最大程度地让书中的语句形象生动、明白晓畅。让孩子在脱离父母、老师辅助的第一次自主阅读时，不但能自己读懂，还能在头脑中形成画面，领悟原著的精髓，领略文字的魅力，带来想象力的提升。

  为了将绘本阅读带来的美好体验和审美习惯延伸进自主阅读中，本书系中的每个分册都加入了大量的精美插图，帮助孩子理解故事，增加阅读趣味。当然，本书系也十分适合亲子共读。父母不仅是孩子的长辈，也是孩子的朋友。共同阅读一本经典作品，可以更好地促进良好亲子关系的形成。或许，在与孩子讨论某个人物、某个片段时，孩子的独到见解，也能令父母再次成长。又或许，在听孩子复述一个个故事、描绘一位位主人公时，父母会惊讶于孩子表达能力的提高，以及他们情感的丰富与细腻。

  阅读让我们了解其他人的观念与思想，让不同的人拥有互通的语境。在这个背景下，我们有了沟通的桥梁，能够更好地给予理解，产生共鸣。希望本书系能成为孩子成长的多功能桥梁，而不局限于阅读一个方面，这也是本书系出版的初衷。

目录

001　我的冒险情怀
003　敏豪森男爵的俄国之行
004　乐于助人
005　愿神明保佑
006　消失的骏马在哪里？
007　骏马失而复得
009　狼拉雪橇
012　老将军喝不醉的真相
015　眼睛迸发火星
016　别出心裁的钓野鸭方式
018　我要打山鹑
020　鞭打黑狐狸
021　误打误撞抓野猪
022　捉到一头公野猪

024　狗熊与打火石
025　用冰抓小刀
026　徒手杀饿狼
028　大衣疯了
029　忠犬的故事
031　兔子有八条腿
032　高超的马术表演
035　战争带给我的思考
036　断成两截的马
040　不老实的胳膊
041　骑着飞起来的炮弹
042　骑马过窗户
043　提着辫子逃出泥潭
044　被俘后成为养蜂人

被惩罚的狗熊	048	有勇有谋的领袖	073
辞别俄国	049	热情的波斯国王	075
回乡奇遇	050	第四次航海冒险：枪打气球	077
离谱的号角	051	荒岛求生记	080
第一次航海冒险	052	救命的葫芦	082
会飞的大树	053	狂猛的海上风暴	086
选出新酋长	055	第五次航海冒险：成为公使出使大开罗	088
狮鳄相争，他人得利	058	招聘五名人才	089
博物馆里的特别标本	060	在尼罗河冒险	093
第二次航海冒险	061	第六次航海冒险：赌约	096
与巨鲸相遇	062	在意大利的善与恶	100
人在美洲	065	奉命去君士坦丁堡	101
特别的高空早餐	069	第七次航海冒险：同伴口中的男爵冒险	105
第三次航海冒险：地中海探险	071		

107	男爵的力量	138	第九次航海冒险：好鼻子的猎犬
108	苏丹的追杀令	140	墨西哥湾的温暖洋流
109	伙伴的家世渊源	142	高空惊魂
111	回归的男爵与他的冒险	149	第十次航海冒险：重温月球之旅
114	直布罗陀大冒险	151	天狼星原住民
116	夜探西班牙军营	152	月球生物的秘密
118	投石器风云	155	跨世界的奇妙冒险
121	骑着海马在海底旅游	156	我在埃特纳火山的冒险之旅
125	奇妙的海下生物	158	我在火神的宫殿
126	当爱情来临	161	我在奶酪岛探险
128	划过天际的肉人	164	船被大鱼吞进肚子里
129	第八次航海冒险：去北冰洋旅行	165	逃离苦海
134	送给女皇的熊皮礼物	166	我的驯熊技巧
135	熊将军来了	167	奇妙的背心

我的冒险情怀

我的父亲是个很厉害的冒险家，曾经在世界各地旅行，就算再偏僻荒芜的角落也都留下了他的足迹。父亲总喜欢对我们这些孩子夸耀自己的冒险经历。

在我的印象里，全家人围坐在温暖的壁炉旁，听父亲讲他那紧张刺激的冒险故事，已经成为我们家熬过漫长冬夜的保留节目。那时的我年纪很小，对阅历丰富的父亲非常崇拜，经常缠着他，希望他能多讲一些自己有趣的经历。而父亲对我一直也很疼爱，总是容忍我的调皮和任性。对于我的请求，他很乐意接受，毕竟那也是他值得骄傲的过去。

就这样，日复一日，年复一年，我听着父亲的冒险经历长大了。经过长年累月的熏陶，我的内心早已许下了去全球各地冒险的愿望。看到这里，想来大家就可以理解，我为什么会对冒险抱有这样深沉的情怀与执念了。

如今，强壮的父亲渐渐老去，但他仍然热爱旅行，可衰弱的身体容不得他付诸行动。而长大后的我自认为已经可以继承父亲的衣钵，实现小时候的梦想。当然，我决定去旅行不光是为了圆梦，同时也是想用双脚丈量世界，在漫长的旅途中领略不一样的风景，增长阅历，磨炼意志，体悟不同的人生。

当我把自己的想法告诉父亲和母亲后，他们并没有第一时间同意。我也能够理解，毕竟为人父母怎么会舍得孩子抛家舍业，到处乱跑呢？不过，我很幸运有一对思想开明的父母，当然也有可能是因为有父亲的经历在前面，两位老人在经过认真考虑后，最终同意我去实现自由冒险的愿望。说实话，尽管这已经是很多年前发生的事情，但我现在仍旧对当时那种喜悦的心情记忆犹新。那时的我就像一只挣脱笼子束缚的鸟儿一样，按捺不住想要立刻就去世界各地探索、冒险的激动心情。

从那以后，我一次又一次地离开家乡，多次踏上梦寐以求的旅程。这么多年过去了，我的足迹遍布世界各地。在旅行期间，我遇到了不少有意思的人和事，结识了许许多多的朋友，也经历了常人难以想象的苦难，不止一次陷入险境，甚至差点命丧黄泉。我惊喜过，失望过，开心过，抱怨过。我曾感慨人生的无常，也曾庆幸生命的坚强……但不管怎么说，我热爱冒险和旅行，是它们让我漫长又短暂的一生完美无缺，又是那样精彩纷呈。这对我这个吹牛大王来说，简直就是最棒的人生了！

"我最亲爱的朋友们！"在某个小酒馆里，我一如往常地坐在桌子前，下意识地搓着发涩的双手，然后像过去一样，以惯用的称呼发言，吸引了所有人的注意。随后，我不紧不慢地从桌子上拿过一只倒满酒的古朴酒杯，轻轻抿了一小口。嗯，味道还不错，里面装的依旧是我最爱喝的美酒。我轻轻呼出一口浊气，脸上挂起了满意的微笑，随后用锐利的眼神扫过周围的人，

· 002 ·

最后把酒杯轻轻放回面前的桌子上,又继续说道:"接下来,就让我这位伟大的冒险家敏豪森男爵,来给大家讲讲我过去狩猎时遇到的奇事,以及在海外探险的故事吧!"

敏豪森男爵的俄国之行

某一年的数九寒冬,我收拾好自己的行李,与家乡的亲人告别,独自踏上前往俄国的旅途。

我清楚记得,那一年的冬天格外寒冷,哪怕我对此早就有了心理准备,依旧不得不感慨大自然的伟大。我向遇到的行商和冒险者前辈打听过路线,想要从我的家乡抵达俄国,需要一路向东,穿过整个德意志,经过波兰、库尔兰、里夫兰等地区。他们告诉我,这条去往俄国的线路困难重重,想要穿越它,势必要付出巨大的艰辛。不过,以我的冒险经验来看,选择在冰天雪地的冬季出行是很有利的——狂风裹挟着暴雪,会把沿途糟糕的路面铺平。

向冬季的风雪敬一杯美酒吧!多亏了它,我不用再考虑携带过多的行李,只需要轻装出发。而囊中羞涩的州政府也不必再为坎坷的道路感到头疼,省去了一笔修整道路的开销。我热爱旅行和冒险,更喜欢独来独往。一个人的旅途是非常轻松的,不需要考虑太多,只要带上简单的行李,就能骑着骏马驰骋四方。我不喜欢在旅行时搭乘邮政马车,那样做或许会节省一部分开销,但也意味着麻烦。我可能不光得跟着邮政车夫一起没完没了地搬运邮件，还得跟对方在邋遢的小酒馆里浪费时间。与其这样弄得身心俱疲，我还不如单枪匹马地踏上旅途，那样更加轻松惬意。

于是，我选择一个人，一匹马，在一个雪花飞舞的清晨，穿着单薄的衣裳，向着朝思暮想的俄国出发了。

乐于助人

很久以前，我就听说过俄国的寒冬非常可怕。我一直以为那只是以讹传讹。但事实上，我在赶路的时候就已经尝到了教训。凛冽的狂风像刀子一样划过我的脸庞，漫天飞舞的雪花一个劲儿地朝我身上拍，极度的低温让我瑟瑟发抖。迫不得已，我从行李中找到厚衣服，套在自己的身上。

在波兰空荡荡的荒野上，狂风卷积着雪花，一会儿吹到这里，一会儿飞到那里。我骑着精心挑选的骏马，一边享受着独行的乐趣，一边望着旷野怔怔出神。马儿沿着雪地上车辙的痕迹笔直前进，马蹄在雪地上留下浅浅的印记。浓白的雾气不时从马的口鼻处缓缓飘出，转眼间飘散得无影无踪，只在嘴巴和鼻子的位置结满了冰霜。

这时，我注意到前方的路边隐隐约约有一个黑点。一开始，我以为那是孤单的岩石或者破损的路标。但马儿越走越近，我看得也越来越清晰。那个"黑点"似乎是一个人。

我从未想过，除了像我这样勇敢的冒险家和追逐利益的商人，以及忙于公务的邮政车夫，还会有谁在这个天寒地冻的日子出没。等距离越来越近，我才确认，那的确是一个人——一个衣衫褴褛、瘦骨嶙峋的可怜老人。此时，他正无助地站在冰冷的雪地里，嘴唇青紫，全身冻得发抖。

愿神明保佑

看到这样的景象，我的脑袋嗡嗡作响。那自诩坚强的内心受到了猛烈的冲击。我开始反思自己之前的傲慢与武断，一股强烈的情感自然而然地从我的心中迸发出来。我知道，这种感情叫作怜悯。

我没有丝毫犹豫，从马背上跳了下来。虽然漫长的旅途与寒冷的天气让我又累又冷，全身上下被疲惫与冰冷支配，但这依然阻止不了我想要行善助人的心思，良好的教养让我无法对眼前的可怜老人不管不顾。我手忙脚乱地脱下御寒的大衣，把它披在老人的身上。

忽然，阴沉的天空深处传来一道婉转悠扬、如同天籁的声音。那道声

音的主人对我刚刚的善行十分欣赏，它说："我的孩子，你拯救了一位饥寒交迫、濒临绝境的可怜人，你的做法非常正确！接下来你该继续赶路了。放心吧，神明会护佑你事事顺心，一路平安！"然后，声音消失不见，再也没有响起过。

我心有所悟，于是立刻向可怜的老人告别，重新骑到马背上，顶着越来越大的狂风暴雪匆匆前进。

雪越下越大，地面上车辙的痕迹与脚印很快就被掩埋起来。天色在不知不觉间慢慢变暗，等我反应过来，周围的旷野已经变得漆黑寂静，皑皑白雪把地面盖得严严实实。最终，我握紧了缰绳，坐在马背上茫然四顾，确信自己迷失了方向。

消失的骏马在哪里？

我骑着马，在荒无人烟的旷野走了许久，终于确信这周围没有人家，自己也找不准前进的方向。最后，我决定找个地方将就一晚上。我从马背上跳下来，替勤劳的马儿梳理了一下毛发，又草草喂了些吃的、喝的，然后把它拴到一根尖尖的树桩上。

"好好休息吧，伙计。"我亲昵地拍了拍马的额头，向它道了一声晚安，随后在不远处找了一块背风的地方，就这么躺了下来。我把出发时带来的枪紧紧夹在腋下，出现意外时，我能及时开枪保护自己。白天旅途的劳累让我分外疲惫，很快就进入了梦乡。第二天，我迷迷糊糊地睁开眼，从雪地上坐起来。此时，太阳高高地悬挂在天空，时间已经不早了。我迷茫地扫视四周，震惊地发现自己竟然躺在一个村子的教堂墓地里！

发生了什么？马！我的伙计去哪儿了？我赶紧从地上站起来四处寻找，结果什么也没找到。难道我的马自己挣脱缰绳离开了？正当我焦急万分，抱怨自己的坏运气时，一道凄凉尖厉的嘶鸣声在我的头顶骤然响起。那是我的好伙计！我惊喜地抬头一看，赫然发现我的马正挂在教堂塔楼顶端的十字架上，无助地摇摆四肢，看起来非常惊惶。

结合刚刚睡醒看到的环境，我恍然大悟。原来，昨晚猛烈的暴风雪席卷了空无一人的荒废村庄，并把这里几乎完全掩埋了，连高耸的教堂塔楼也不例外，只有顶端的十字架露出了一部分。作为外来者，我对此毫不知情，还以为那处露出的十字架是树桩，顺手把可怜的马拴在那儿。等到晚上我睡着以后，风雪平息，覆盖整个村庄的积雪迅速融化。就这样，我平稳落到了地面，教堂塔楼也露出了全貌。

骏马失而复得

望着悬挂在教堂塔楼顶端的可怜的马儿，我原本迷迷糊糊的大脑彻底清醒过来。这种离谱的事情我长这么大还是第一次遇到。说起来，刚出远门不久就遇到这种事，而且马又挂在了这种地方，难道是有神明在暗示我什么吗？悄悄提醒我不宜远行？严格来说，作为一名冒险家，我的内心不该如此轻易动摇。但我初出茅庐，因此一时间有些不知所措。

当我还站在地面纠结的时候，我那可怜的马儿又在教堂塔楼的顶端嘶鸣起来。只不过这回它呼救的嘶鸣声比之前要明显衰弱了不少。看来，它快要油尽灯枯了。我的内心焦急不安，开始努力思考到底该怎么把这家伙救下来。

搭梯子爬上去把缰绳解下来？不行，荒郊野岭我去哪儿找现成的梯子呢？就算现在开始做，马儿恐怕也坚持不到做好梯子的时候。用猎刀割断缰绳？也不行，没有工具的帮助，以教堂塔楼的高度，我只能站在地面把刀甩上去。可一来距离太远，不一定能瞄准；二来马儿正拼命挣扎，来回乱动，万一伤到它可就不好了。忽然，我灵机一动，想起了用来防身的枪。我把枪口对准马儿的缰绳，稍做瞄准，扣动了扳机。

"啪！"伴随响亮的枪声，枪口火光乍现，子弹飞射而出，正好打断了缰绳。我那可怜的马儿重新落到地面，得救了！

马儿的失而复得让我喜出望外，我跑过去来回抚摸它的身体，用心安慰受惊的伙伴。随后，我把枪重新收好，用力抖了抖身体，积雪簌簌而下。我猛地跃上马背，继续赶往目的地——俄国。

狼拉雪橇

　　离开波兰的荒野后,我骑马迎着风霜,平安抵达了俄国境内。由于旅途太过顺利,我不禁联想到之前大雪天救助老人时听到的声音。或许这就是好人有好报吧。

　　作为一名合格的冒险家,在进入俄国境内以后,我与当地人进行了亲切友好的交流。可能是因为俄国地广人稀,平时很少能看到外来人的关系,他们对我表现得很热情。当地人告诉我,依照本地的风俗习惯,人们在雪地出行都要乘坐雪橇,不会有人直接骑马在雪地里深一脚、浅一脚地赶路,那样做显得非常愚蠢。我一向对其他国家和地区的风土人情很感兴趣,认同入乡随俗的正确性。于是,我在当地人的推荐下,来到一家物美价廉的店铺,买到了一副小巧精致的滑冰雪橇。我把雪橇套在马的身上,系紧了绳索。马儿对这种稀罕物件感到很不习惯,总是不自在地活动着身体。我走到它的跟前,伸手抚摸它颈部的鬃毛,耳语几句,安抚好情绪,这才准备出发。

　　我不是第一次乘坐雪橇,但马拉雪橇对我来说还是挺新鲜的。我扬起手中的皮鞭,扯着嗓子吆喝了一声,然后用力向下一挥,打了一个漂亮的鞭花。只听"啪"的一声,马儿便像离弦的箭一样,拖着雪橇朝远方疾驰。

　　我坐在雪橇上,看到雪地两旁不停掠过的树木,由衷地感慨当地人的聪慧,竟然可以结合自然环境,发明出这样神奇的交通工具。时间一点一点过去,我不知道自己现在身处何地,也许是爱沙尼亚?又或者是英格曼兰?但周围茂盛的原始森林让我印象深刻。

马儿在雪地上奔驰,一路高歌猛进,拖着雪橇,很快就带我来到一片原始森林的深处。我的耳旁风声呼啸,一开始乘坐雪橇的兴奋劲儿已经过去,千篇一律的景观让我有些昏昏欲睡。忽然,前方的路上跳出来一头巨大的野狼。它的双眼闪烁着野性的绿光,腥臭的口水从血盆大口中滴滴答答落在雪地上。我大惊失色,好在马儿的速度非常快,它拉着雪橇一下子从野狼身前"飞"过。可还没等我松一口气,身后就传来"扑腾扑腾"的声音。我回头一看,吓得心脏都快从嗓子眼儿里蹦出来了。只见那头凶恶的野狼甩开四条腿,跟在雪橇后面穷追不舍,甚至速度越来越快,离我也越来越近。

眼看野狼就要追上雪橇,我知道自己很难逃脱了,内心非常恐慌,于是不由得一下子瘫倒在雪橇上。我没有奢求马儿跑得再快些,只放任它自由奔跑。我闭上了双眼,不忍心再去目视即将到来的死亡。我似乎感觉到了野狼的喘息声!

忽然,野狼怒吼一声,直接从我身后的雪地上腾空而起,扑向了奔驰的马儿。谢天谢地,大胃口的野狼忽略了我这个没油水的人类,选中了大块头的马。野狼猛地咬中了马的屁股,我那倒霉的伙伴一边痛苦地嘶鸣着,一边因为疼痛和恐慌而加速奔跑。

不知过了多久,我胆怯地睁开双眼,发现可怜的马儿几乎快被野狼吃光了,尸骨碎片散落一地。这时,我注意到野狼在吃马的时候,一不留神将马儿身上的马具套在了自己的身上。我大喜过望,这可是摆脱危机的最佳机会,我一定要把握住!

想到这儿,我猛地在雪橇上坐直,迅速把马具的皮带钩扣紧,然后握紧

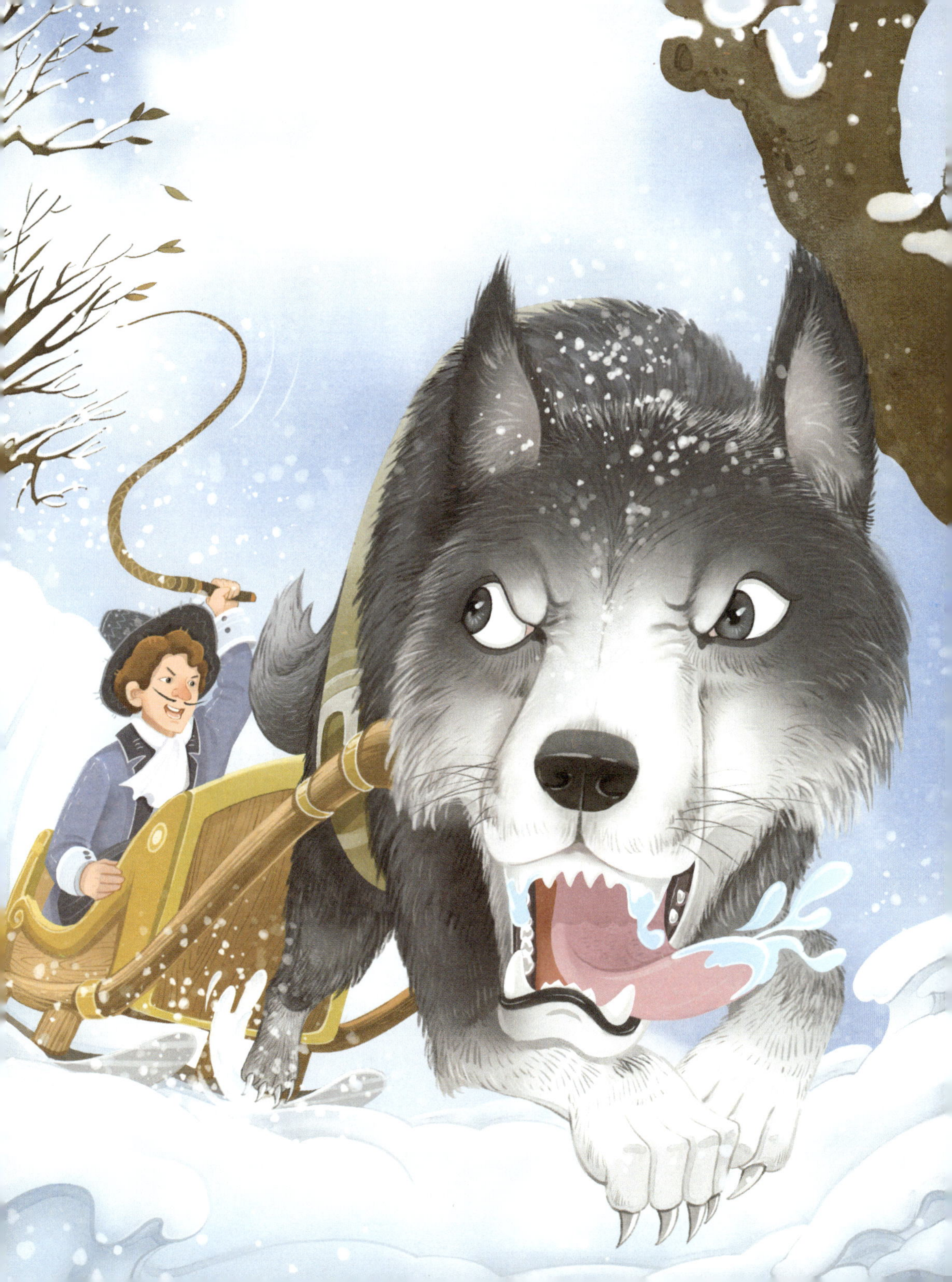

皮鞭，狠狠抽打着野狼。不过，野狼丝毫没有在意身体的疼痛，仍旧甩开步子，奋力朝前方奔跑。这下，稀罕的情景出现了！一头野狼正拉着雪橇赶路呢！最后，我们有惊无险地抵达了圣彼得堡。

老将军喝不醉的真相

抵达圣彼得堡后，我成了当地不大不小的名人。毕竟不是所有人都有机会能平安套着野狼、坐着雪橇赶路的。尽管这很依赖运气，但沿路的人们都对我用野狼拉雪橇的壮举感到发自内心的震惊。

圣彼得堡是俄国的首都。在欧洲，圣彼得堡的繁华闻名遐迩。不过，今天我并不想跟你们谈论圣彼得堡的富丽堂皇，也不想按部就班地同你们讨论无聊的小道消息，比如那些跟科学、艺术有关的传闻。更不想讲述在社交聚会上的钩心斗角，那样更会让你们觉得无趣。在圣彼得堡，居家的妇人会拿出烈酒来招待远道而来的客人，帮他们消遣时间。我在那儿注意到许多有趣的事，比如，关于名马和名犬的趣闻，想必你们也会对这些更感兴趣。俄国地大物博，拥有世界上最多的动物。我很愿意和高贵的马和犬交朋友，为此我愿意远离野蛮的狐狸、狼与熊，即使我跟这些动物和其他野生动物的关系都很友好。

圣彼得堡内的整体氛围比较欢快，那里有很多快乐的骑士活动和各种赞颂之词。不过相对来说，这些活动更加适合传统的贵族。对他们而言，陈旧古板的拉丁语和希腊语、法国的艺术爱好人士或者法兰西卷毛们的流苏、恶作剧与闻香小物品太过时，远远没有刚刚我提到的活动有意思。

值得一提的是，在抵达圣彼得堡以后，我被通知需要服役。不过现在的我还没有到服役的最低年龄，因此还有充足的时间去领略俄国的风土人情。

我像个地地道道的容克贵族一样，在圣彼得堡挥霍着自己的钱财与时间。众所周知，俄国的冬天非常寒冷。想要在这样的环境里生存，火辣辣的烈酒是家家户户必备的重要物资。因此，酒在俄国的人际交往中有着至高无上的地位。与嗜酒如命的俄国人比起来，德意志人对酒的喜爱要更加含蓄保守，酒在冷静克制的他们面前，地位要稍逊一筹。我还在德意志的时候，常常跟各路品酒名家一同开怀畅饮，与他们高谈阔论，较量品酒的技术。

有一次，我跟同伴恰巧有幸与一位久经沙场的老将军共进晚餐。这位老将军长着一张紫铜色的脸庞，留着花白胡须，讲起话来声音铿锵有力，与我们坐在一起时，腰杆永远直挺挺的。老将军曾在与土耳其人交战时，不幸被敌人打掉头盖骨的上半部分。从那之后，老将军只要出入公共场合，都会戴着一顶帽子。有时酒馆里来了陌生人，会很有礼貌地要求老将军把帽子摘掉。每当遇到这种情况，老将军都会和和气气地把自己的情况说明一番，最后总能获得对方敬仰的神色。

老将军是这么多年来我遇到的最会喝酒的人。跟他相比，酒馆里在场的各位都只能算是可怜的外行。老将军有自己的饮酒习惯，每次都会在饭后痛快地喝上几大瓶美味的葡萄酒，然后再喝一瓶烈酒结束"战斗"。又或者直接在开场饮用烈酒，然后从头开始往复几个回合。不过，不管老将军选择什么样的饮酒方式，从来没人看到他喝醉过。老实讲，以他的年纪还能有如此

"海量",实在超出我们的预料!各位听众,不知道你们有没有感到难以置信,反正我当时确实被老将军的酒量镇住了。我贫乏的想象力完全猜不透其中的奥秘。直到后来,我时常观察老将军的言谈举止,才弄清了真相。

原来,老将军每次喝完酒以后,都习惯性地抬起戴在头上的帽子。这个动作看起来只是在给发热的脑袋散热,没什么不寻常的。可大家别忘了,老将军有一半的头盖骨在战场上被打飞了,那消失的部分被一块银质的头盖骨代替。每次老将军向上抬帽子的同时,也悄悄把那片人造头盖骨掀起来。这样的话,被老将军喝进体内的酒水就会变成气体,从头顶露出的缝隙悄无声息地散发出来。

我在看破老将军喝不醉的秘密后,兴冲冲地把真相告诉了在场的几名同伴。不过,同伴们显然不会相信这样离谱的事情,纷纷觉得我喝多了在吹牛。出于一名冒险家的自尊心,我当然不肯接受伙伴们的"污蔑"。于是,我主动请缨,想要做件事,向大家证实我没吹牛。

当时正好到了吃晚饭的时间,我拿起一根点燃的烟斗,背着手,绕到老将军的背后。这时,老将军刚好想把头顶的帽子放下来,我眼疾手快,飞快地把烟斗凑到老将军脑袋附近,一下子点燃了向外飘散的酒气。霎时间,老将军的头顶燃起了一根湛蓝的火柱,发散的光芒无比圣洁。

我的恶作剧理所当然被老将军发现了。让我感到惭愧的是,老将军不仅没有生气,反而大方地让我再用烟斗试一次。看来,老将军的气量不是一般人可以比拟的。我的内心不由得对他萌生了敬仰的情感,他在我眼里的形象也变得高洁辉煌。

为了表示对老将军的尊重,我听从他的吩咐,再次重复了几遍试验,每次都取得了同样的成果。这还没完,之后,我还做了其他有意思的事。先生们,接下来,让我再告诉你们一些令我记忆犹新的狩猎故事。各位,请想象一下,我对于那些坦诚、有勇气的伙伴格外欣赏,因为他们能够恰巧分清某个公共森林猎区的优劣,方便我有不同的收获。另外,我的运气一向不错,总能捕获不少猎物,这让我的回忆充满幸福。

眼睛迸发火星

这天清晨,我迷迷糊糊从睡梦中醒来。忽然听到窗外传来一阵野鸭子的叫声。我从床上坐起来,透过卧室的窗户向外望去,只见在一片宽阔的水塘里,一群野鸭正在水面上找食吃。野鸭的数量实在太多了,一眼望过去,黑压压一大片,密密麻麻数不清。我高兴极了,本来最近就打算去找一处公共猎场打猎,结果今早就遇到了这群野鸭。既然如此,择日不如撞日,我干脆今天就猎个痛快!

想到这儿,我三下五除二穿好衣服,从墙角拿起猎枪,急匆匆跑出房间,向屋外冲去。因为实在太着急了,我下楼的时候没注意,脸和门柱撞了个结结实实,顿时疼痛难忍,头晕目眩,眼前不停飞舞着许多小星星。我晃了晃脑袋,龇牙咧嘴地揉了揉疼痛的脑门,心里放不下水塘中的野鸭,于是提着猎枪继续朝外冲。

我弯着腰,踮着脚,悄悄摸到野鸭附近。等估摸到达猎枪的有效射程时，我屏住呼吸，举起猎枪瞄准，结果发现猎枪的撞针坏了。我联想到刚刚撞到门柱的意外事故，内心十分懊恼！猎枪没了撞针，就成了没用的摆设。用不了枪，就意味着打不到野鸭。这下可怎么办呢？

好在我灵机一动，想到一个绝好的点子。我再次把枪瞄准了野鸭，然后攥起拳头，狠狠朝自己的一只眼睛砸了过去。说时迟，那时快，只见我的那只眼睛猛地迸出一连串火星，点燃了猎枪里的火药。下一秒，"砰"的一声枪响，我的猎枪成功射出了子弹，并且打中了四只红颈鸟、五对野鸭，以及一对骨顶鸡。我心满意足地哈哈大笑，不光是为了丰富的收获，也是为了自己的男子气概。

别出心裁的钓野鸭方式

这次打猎收获满满，我不由得想起了一件很久以前的事。那时，我还很年轻，酷爱狩猎活动。有一回，我扛着猎枪无意间路过一片小池塘，发现十几只野鸭正在水面上优哉游哉地游弋。我见猎心喜，想着一枪打中一只，然后带回去宴请亲朋好友。不过，我清点了一下剩余的子弹，发现只剩下最后一颗了。看来，我是没机会把眼前的这些猎物带回家了。

我叹了口气，打算扛着猎枪离开。这时，我忽然想起自己的背包里似乎还有一块剩下的熏板肉，那是我吃剩的干粮。嗯？熏板肉？我灵光一闪，收回了迈出去的步子。我打开背包，取出那块熏板肉，然后又翻出一段牵狗的绳子。我琢磨了一阵，细心地把绳子分解开，然后再一股股地拼接起来。崭新的绳子变得细细长长，长度起码比原来的狗绳长了好几倍。我看着面前的"杰作"，满意地点点头，又把熏板肉紧紧系在绳子的一头。做好一切准备工作后，我悄悄躲到水边的芦苇丛里。这里的芦苇丛又高又密，藏几个人都绰绰有余。我深吸一口气，两只手紧紧拽住绳子的一头，然后把系着熏板肉的另一头用力扔了出去。只见熏板肉拖着绳子在半空中划过一道漂亮的抛物线，漂在了水面上。做完这些后，我屏气凝神，静静等待猎物被吸引过来。

可爱的野鸭们并没有让我等很久。它们很快注意到那块香气扑鼻的熏板肉。野鸭小脑瓜并没有对这块"美食"产生怀疑，它的脚掌快速在水下划拉着，凑到熏板肉旁边享用起来。其他的野鸭们注意到同伴的动作，也一窝蜂地挤过来，彼此争抢起来。

不过，熏板肉的质地实在太"滑"了！第一只野鸭刚把它大口吞到肚子里，没有被消化掉的熏板肉就被它完整地排泄出来。第二只野鸭看到"美食"失而复得，迫不及待地冲过来，一口将熏板肉吞到肚子里。结果和第一只野鸭一样，熏板肉又从它的身体里"滑"了出来。紧接着，这块熏板肉像是接力一样，被在场的每一只野鸭吃进肚子里，然后又排出来。我躲在芦苇丛里哈哈大笑。系着绳子的熏板肉从所有野鸭体内"兜"了一圈。野鸭们被同一根绳子串联在一起，像被吓傻了一样，愣在原地，一动不动。

看到这次狩猎大获成功，我美滋滋地跑出芦苇丛，拽着绳子把野鸭们往岸上拖。等到把所有野鸭拽上岸，我把剩下的绳子打了个结，绑在自己身上，怀揣着喜悦满载而归。不过，因为收获太过丰盛，再加上回家的路程太远，所以这一路我累得气喘吁吁。我甚至开始胡思乱想，对猎物萌生了共情的想法：唉，这么多野鸭都要被做成美味佳肴，实在太可怜了。

不过，很快我就顾不得想这些乱七八糟的事了。被绳子串在一起的野鸭们终于反应过来自身的处境。它们惊慌失措，强烈的求生欲使其奋力拍打着翅膀。一开始，我还不以为意，觉得野鸭们在做无用功。但没一会儿，这些野鸭居然拽着我飞到了天上。我吓了一跳，死死握住绳子，不敢有丝毫松懈。面对危险，我的大脑疯狂转动，很快想出了应对的办法：当时我正好穿着一件燕尾服，于是我拉着一连串飞行的野鸭，把衣服的"燕尾"当成控制方向的"舵"，最终顺利控制野鸭们朝我家的方向飞去。

眼看马上就要到家，我开始琢磨安全降落的办法。我试探着把野鸭们的脑袋挨个按了下去，想让它们减速。结果这招很有用，它们果然降低了速度，载着我从家里的烟囱慢慢落到了炉膛中间，还好那时炉子未生火。我拎着打来的野鸭们从炉子里钻出来，全身沾满炉灰，变得黑漆漆的。这一幕让在厨房里忙活的厨师们全都惊呆了。

我要打山鹬

听到我毫不费力地抓到一连串野鸭的事迹，各位是不是以为我在吹牛？不，不，不。如果你们真的这样想，那还是对我不够了解。像这种狩猎野鸭的趣事，在我的猎人生涯里算不上什么稀罕事，比这更有意思的还有很多呢！

有一回，我弄来了一把新猎枪，心里非常高兴，迫不及待提着它跑到森林里去试试手感。正当我全心投入试枪的时候，一阵急促的狗叫声把我从专注的状态中唤了回来。我低头一瞧，原来是我带来的几只猎犬正在汪汪狂吠。它们发现前方不远处有一群呆头呆脑的山鹑，于是吼叫着提醒我，然后纷纷冲上去帮我抓猎物。

在我看到山鹑的一瞬间，就想到今天的晚餐有着落了。我下意识地用猎枪瞄准，扣动扳机，结果并没有子弹射出来。我拍了下脑袋，这才想起来，刚刚试枪已经把带来的子弹全用光了。为了不让眼前的美食逃走，我飞快转动着脑筋，想到了一个办法。注意了，在场的朋友们！我想到的办法很容易，我敢保证如果换成各位在当时也绝对能想到，那就是跟着山鹑，找到它们的老窝，然后一网打尽！

我沿着山鹑和猎犬的踪迹，很快在附近找到了山鹑隐蔽的巢穴。接下来，我要做的就是把它们抓起来。因为子弹打光了，我赶紧取出一根疏通枪管的通条，然后把一端磨尖，作为"子弹"压进枪里。我瞄准目标后，扣动了扳机。"砰"的一声，只见七根打磨好的"子弹"精准命中了山鹑们。我美滋滋地走上前，把战利品一一捡了起来。从那以后，我就明白了一个道理，人在解决问题时，可以更加灵活变通，注重方式方法。

鞭打黑狐狸

俄国境内大大小小的森林非常多，动物的种类也是世界上最丰富的。对热爱打猎的人来说，这里简直就是合法狩猎的天堂。我在这儿过得乐不思蜀，每天提着猎枪出入森林，四处寻找合适的猎物。

有一回，我发现了一处合适的猎场，那是一片广阔茂盛的原始森林。我兴致勃勃地拎着猎枪，来到了森林深处，并在那儿遇到了一只膘肥体壮、野性难驯的黑狐狸。这只野兽有着油光水滑的皮毛，看起来漂亮极了。我对它的那身毛皮非常中意，如果能完好地保存，一定可以卖个高价，而且就算不卖给别人，留给自己也是绝佳的收藏品。不过……我摸了摸背包里的子弹，都是一些铅弹或者霰弹，要是用它们打黑狐狸，难免会损坏对方的毛皮，要是那样的话就太可惜了。

正当我思索怎么才能成功弄到毛皮的时候，对面那只凶悍的黑狐狸似乎察觉到我的恶意，冲着我龇牙咧嘴、步步紧逼。我从容不迫地把子弹退出枪膛，把长木钉压了进去。等到黑狐狸慢慢接近，我举起枪，瞄准对方，猛地扣动扳机。电光火石之间，长木钉把黑狐狸的尾巴牢牢地钉在大树上。我高兴极了，连忙往前跑了几步，从口袋里抽出一把锋利的猎刀，手起刀落，在黑狐狸的脸上刻了一个十字印记，然后抽出鞭子，像雨点一样劈头盖脸地抽在黑狐狸身上。它顿时觉得疼痛难忍，使劲一挣，竟然直接从毛皮里挣脱，狼狈地逃走了。

就这样，我成功收获了一张名贵的狐狸毛皮。不得不说，这件趣事在我的诸多狩猎故事里，也算得上一件奇闻。

误打误撞抓野猪

狩猎的时间长了，总会遇到稀奇古怪的事情。我常听人说，世界上的好运有时会变成厄运，而坏事也有可能会变成好事。过去的我对此并不相信。直到前段时间，我恰巧亲身经历了一次坏事变好事的奇遇。

事情发生的那天，我正提着枪，待在一片森林里寻找猎物。我也不知道自己的运气究竟算好还是不好，竟然在深处的灌木丛里发现了一大一小两头野猪。当时，小野猪正迈着轻快的步伐，在前面领着路，后面紧紧跟随着一头健壮的母野猪。它们并没有发现不远处的我，仍旧一溜小跑地前进。我没有放过送到眼前的猎物，立刻抬手举枪，还没来得及瞄准就扣动了扳机。"啪"的一声，子弹一下就射中了前面的小野猪，不过只是打断了它的尾巴。被子弹击中的小野猪发出了一声凄厉的惨嚎，夺路而逃。只留下不知道发生了什么的母野猪，一动不动地待在原地。

我很奇怪为什么母野猪没有反应，难不成被枪声吓坏了？我小心地凑上前，认真打量了一番。这才发现，原来这头母野猪竟然两只眼睛都看不到！此时的它愣在原地，嘴里依然叼着刚刚逃走的小野猪的半条尾巴。看来母野猪之前能够正常行走，是依靠自己的孩子领路。如今孩子逃跑，没了引导的母野猪不知道该怎么走，被迫停在原地，等待孩子回来接着为它领路。

看到这样的情况，我的脑子里闪过一个奇思妙想。于是，我悄悄凑到母野猪跟前，试探着用手拽着它嘴里叼着的那截尾巴。没想到，母野猪似乎以为是自己的孩子回来了，竟然真的乖乖跟着我走了！就这样，我毫不费力地把这头健硕的母野猪领回了家。

捉到一头公野猪

可能在场的各位先生有人对野猪不怎么了解。事实上，在森林里遇到野猪是一件很危险的事。如果没有带着足以致命的猎枪，还是不要贸然挑衅它们。我之所以能够轻而易举地抓到一头母野猪，运气成分占比很大。如果那头野猪没有双目失明，如果我那天没有先打中小野猪，那么我可能就会遇到危险。与母野猪和小野猪比起来，强壮的公野猪脾气暴躁，攻击性更强。

有一次，我在森林里寻找猎物时，与一头暴虐强壮的公野猪不期而遇。对于它的出现，我完全没有预料到。暴怒的公野猪气势汹汹，我被追得抱头鼠窜。最后，出于无奈，我只好躲到一棵粗壮的大树后面，希望野猪能够放弃追逐。没想到，这头公野猪像发了疯一样，不管不顾地向着我的方向冲了过来。好在这家伙脚下打滑，一个失误把尖锐的獠牙插进了树干里。

看到公野猪挣扎的模样，我长舒一口气。可还没等我对它幸灾乐祸，凶悍的公野猪竟然把獠牙拔了出来，然后再次朝我撞了过来。幸运的是，公野猪居然又一次把獠牙插进了树干。这次它插得可比刚才深多了，无论怎么用力也没能把獠牙拔出来。对此，我忍不住笑出了声，心想："这回该轮到我了！"我从地上捡起一块结实的大石头，用力把公野猪的獠牙往树干里敲，直到獠牙深深卡在树干里，让公野猪动弹不得。我哈哈大笑，马上跑到附近的村子里借来了麻绳，还有手推车，然后把倒霉的公野猪牢牢捆了起来。最后我费力地把它运到手推车上，美滋滋地推着它回家了。这次走运抓到公野猪的事，让我记忆犹新，倍感自豪。

狗熊与打火石

打猎这么多年，有趣的狩猎故事实在不胜枚举。我又想起一件发生在波兰森林的往事，说给大家听听吧。我记得事情发生在一个傍晚。我在森林里沉迷于打猎，从白天一直忙到了黄昏，把子弹和火药都用光了。眼看天色慢慢变黑，我担心继续待在森林里会遇到危险，于是打算立刻回家。

结果，倒霉的事发生了。在我回家的路上，突然从树丛里蹦出一只狂暴凶悍的巨熊。它张开血盆大口，怒吼着朝我扑了过来，看那副架势像是要把我撕得粉碎一样。在这个紧要关头，我的大脑一片空白，来不及多做什么反应，只能凭借本能在口袋里翻找。我的本意是想再找找有没有能救命的子弹和火药，可最终我只翻到了两块打火石。这东西是我平时准备打火应急用的，在眼下这个危急时刻能有什么用呢？

看着越来越近的巨熊，我也顾不得再犹豫，直接把一块打火石撇进了它的大嘴里。没想到，巨熊吞掉打火石以后，疼得在原地团团打转。当我看到没抱希望的打火石竟然建立奇功，马上打起精神，头脑飞速转动。很快，我想到一个有些缺德的主意。巨熊疼得原地转圈，对我没有丝毫防备。于是我趁它的屁股冲着我的时候，把另一块打火石塞到了它的肛门里。有趣的事发生了。这块打火石居然跟巨熊吞到肚子里的打火石撞到了一起，结果火星四溅，伴随一阵猛烈的爆炸声，巨熊被当场炸死，我也得救了。

事后，我想到那些冒险家前辈说的话：远行的冒险家最好要随身携带打火石，没准就能派上用场。而我正是因为带了打火石，这才化险为夷。不过，我想自己将来应该不会再遇到与巨熊空手搏斗的情况了。

用冰抓小刀

不得不说，有时候我的运气真的挺糟糕的。自从那次从巨熊口中侥幸逃生，我还以为自己以后再也不会落到这种绝境。可没想到，上天似乎在冥冥之中关注着我。每当我弹尽粮绝，没有反抗能力时，森林里的各种猛兽就会不知从哪里冒出来。拜这种运气所赐，我很快又要跟巨熊进行一番较量了。

有一天，疲惫的我坐在森林里的石头上休息。休憩之余，我拿出口袋里的小刀，想拆下猎枪的打火石，把它打磨一下，提升打火的功效。万万没想到，一只野蛮的巨熊横冲直撞奔向了我。我手忙脚乱地爬上附近的一棵大树上，准备居高临下地反击巨熊。不过倒霉的是，我刚刚因为太过慌张，导致爬树时把手里的小刀掉到了地上。这下可糟糕了！没了小刀，我就没法拧紧猎枪上的螺杆，也锁定不了打火石，猎枪就用不了。

　　眼看树下的巨熊越来越狂躁，我的内心忽然变得出奇的愤怒。我俯视着树下的巨熊，眼睛里迸发出熊熊怒火！过去我多次战胜过猛兽，这次怎么会例外？当然，我没打算再尝试用眼睛喷火，因为那样真的很疼。我瞄了眼地上的小刀，开动脑筋，努力想办法。这时，我感觉自己的膀胱有些鼓胀。众所周知，人在紧张时，身体里的尿液往往会增加得很快。忽然，我灵光乍现，尝试朝小刀的方向撒尿。惊喜的是，因为天气太冷，我的尿液在半空中结冰，正好粘住小刀的柄。我飞快抓住这道长长的冰，非常谨慎地将小刀拉了上来。我欣喜若狂，立刻用小刀把猎枪的打火石螺杆拧紧，然后看向开始爬树的巨熊，我吓得头皮发麻："这只熊居然还会后发制人，我们得学得比它们更聪明才行！"想到这儿，我开枪结束了对方的性命。

徒手杀饿狼

　　俗话说，常在河边走，哪有不湿鞋。我总在森林里打猎，难免会遇到一些野兽"趁火打劫"。除了与凶恶的巨熊不期而遇，我也碰到过饿狼的追杀，好在我技高一筹,战胜了对方。

我记得那天还是在一片森林里,我与一头凶狠的恶狼狭路相逢。它的肚子非常饿,按捺不住食欲,张开血盆大口,向我冲了过来。恶狼出现得太突然,我当时一点儿防备都没有,只好靠着本能反应出拳。结果无意间把整个拳头塞进了恶狼的大嘴巴里,然后趁它没注意,强忍着那股熏人的恶臭,把拳头顺着恶狼的嗓子眼儿一个劲儿地往下捅,直到把整条胳膊塞到对方的肚子里,甚至还抓住了恶狼细长的前肢。现在我跟恶狼保持着头顶头的姿势,看起来怪异极了。

我猜你们并不想知道,与恶狼头顶头是一种怎么样的体验。我跟这头蛮横的野兽谁也不愿意看着彼此,因为距离太近,我甚至能闻到一股野兽的浓郁臊臭味。刺鼻的味道让我不得不集中精神思考,到底怎么做才能摆脱险境?把手从恶狼肚子里拔出来?不行,从面前这家伙喷吐怒火的眼神可以看出,等它恢复精神,一会儿还是会找我麻烦的。我转动脑筋,脑门上布满细密的汗珠。最后,我做了一个疯狂的决定。我用在恶狼肚子里的手狠狠拉扯对方脆弱的内脏,然后狠下心,咬咬牙,把整条胳膊拧了一圈,恶狼的内脏也跟着一起转了一个个儿,来了一个"翻江倒海"式大翻转。打比方的话,就像是把手套的里外翻转过来一样。最终,恶狼没能挨过我的一番折腾,惨叫着当场丧命了。

大衣疯了

依稀记得那是我徒手弄死恶狼后不久的事。那天，我在圣彼得堡某条狭窄的胡同里，与一条摇着尾巴的狗狭路相逢。不知道那条狗怎么了，突然朝我跑了过来。我不想让它受伤，只是想着："快跑吧，赶紧离开这儿！"然后，我拔腿就跑。倒霉的是，那条狗紧紧跟在我的身后。难道我的大衣上还有那头恶狼的气味？百思不得其解的我出于无奈，只好把身上的大衣扔给狗，这才摆脱了它。

回家以后，我舍不得自己的大衣，于是让仆人约翰到那条胡同把我的大衣捡了回来。"那条狗已经不见了。"约翰抱着大衣对我恭敬地说。我没有在意狗的下落，只把它当成日常生活里的小插曲。我吩咐约翰把大衣挂到衣帽间，与其他衣服挂在一起。

第二天一大早，我还睡得迷迷糊糊，约翰就在房间外大声尖叫。我被吓了一跳，立刻从床上坐了起来。不一会儿，等我从房间里走出来，约翰就赶紧跑到我的跟前说："天啊，男爵老爷，您一定不知道发生了什么！"

"有话直说，别大惊小怪的！"被约翰吵醒的我没有好气地说。约翰看出我的心情不好，连忙告诉了我实情，虽然这听起来很荒诞："您的大衣疯了！"话音刚落，我快速跑到了衣帽间，发现地上到处都是衣服的碎片。看来约翰没有说谎，我的大衣真疯了！它被疯狗咬过，传染了疯狗的病，所以也疯了。当时，它正疯狂地扑在一件精致的礼服上，又是撕，又是咬。我抓起手枪对它开了一枪，它立刻不动弹了。为了避免类似的事情再次发生，我叫约翰把所有被撕碎的衣服都烧掉了。

忠犬的故事

在座的各位先生可能已经听出来了，在我刚刚讲述的那些经历中，每当我陷入绝境时，总能化险为夷，转危为安。也许诸位觉得太虚假，但我认为这应该是伟大的神明偏爱，赐予我逢凶化吉的运道。而且不可否认，我在面对危险时展现的男子气概与坚韧精神同样重要，正是因为有了它们，我才能屡屡成功脱险。如果没有后两者，就算幸运加持，最多也只会出现幸运的猎人、水手与士兵，但更可能会出现不称职的猎人、海军上将和陆军元帅。这是因为他们习惯依赖自己的运气，不愿意踏踏实实地干事，也不会像我这样随身携带有用的工具，只为应对随时可能出现的危机。我跟他们是两类人。

我的名声一直很响亮，这不光因为我优秀的骏马、猎犬和猎枪，还有我奇特的独门技巧。在我的冒险生涯里，我去过各种各样的地方，在当地留下了数不尽的名气和传说，足以令我在世人面前尽情夸耀。如今，我不想当一名无所事事的贵族，也不想整日沉溺养狗与狩猎，更不愿意每天待在马厩、狗窝和枪库里。但不管怎么说，我养的两条猎犬在过去的狩猎生活里战果斐然，功勋卓著，值得我在这儿好好夸夸它们。

我的两条猎犬很有名，一条是短毛大猎犬，它聪明伶俐，勤勤恳恳，狩猎时尽心尽力，博得众人的交口称赞。它的精力很旺盛，能够整天在外面"工作"。如果天太黑了，我会在它的尾巴上挂一盏灯，用来照明。

记得我刚结婚的时候，我的夫人来了兴致，忽然想跟我一同去狩猎。我对枕边人跟自己兴趣相投深感欣慰，自然爽快地同意了。为了让我们的第一次狩猎愉快，我决定先去寻找猎物。很快，我亲爱的猎犬立功了！它发现了上百只山鹑。我与猎犬一边监视悠闲的山鹑们，一边静静地等候妻子、少尉和马夫。可时间一分一秒过去，他们始终没有出现。

我有些担心他们的安全，于是，我骑着马到回去的路上寻找几个人的下落。回程刚走到一半，我听到附近传来一阵凄惨的呼救声。我打起精神，环顾四周，却没发现任何人的踪迹。直到我跳下马背，趴在地上，才用耳朵听到声音是从地下传来的。我抬起头，焦急地寻找线索。终于，我发现声音是从一口废弃矿井传出的。看来他们全都跌了进去。我连忙骑马跑到附近的村子，请热心的矿工们帮忙。经过一番漫长的辛苦救援后，我的夫人与同伴们总算从一百六十多米深的矿井里被救了出来。神奇的是，他们竟然只擦破一点儿皮，骑的马也几乎毫发无损。

经过这场意外，惊魂未定的三个人再也没了打猎的心思，我只好陪着他们一起离开了。等等，你们是不是忘记了我的那条猎犬？很抱歉，我这个不称职的主人也把它给忘了。

次日一早，我出于工作原因，告别夫人，匆匆离开，直到十四天后才回家。在家待了几个小时后，我始终没看到心爱的猎犬蒂安纳，内心焦急万分，立刻叫上仆人和我一起到处寻找，可什么也没找到。我以为蒂安纳离家出走了，亲人们却以为它是跟我一起离开的。我顿时茫然无措。忽然，我的脑海闪过一个念头：它不会还在监视猎物吧？想到这儿，我立刻往上次山鹑出没的地方赶去。

没多久，我真的看到了蒂安纳的身影。多日未见，可怜的它骨瘦如柴，筋疲力尽，明明连向我爬过来的力气都没有，却仍然记得我让其监视猎物的命令。我怜爱地叫了它一声，然后开枪打死了二十五只山鹑。我轻柔地抱它上马，然后赶回了家。几天后，经过我的悉心照料，蒂安纳又变得像过去那样神采奕奕了！

兔子有八条腿

我打猎的时候，绝大多数时间都会带上我忠实的猎犬。它们忠心耿耿，并且帮我抓到了很多猎物。有一回，我带着猎犬去追捕一只野兔。这家伙的速度非常快，不论是我还是猎犬，费了好大力气也只是勉强没有被对方甩掉。我还是第一次见到跑得这么快的野兔，于是就想把它捉住。没想到，这一追就是整整两天。这期间，我多次举起猎枪，却始终找不到合适的机会。

两天后，我总算追到了这只野兔。眼看对方进入我的射程范围，我不再犹豫，立马举枪瞄准射击，动作一气呵成，成功打中了野兔。我走上前想要把野兔的尸体装起来，却惊讶地看到对方竟然有八条腿！它有四条腿和正常兔子一样，长在肚子下面，还有四条腿长在后背上。每当它跑累了，就会翻身用另外四条腿狂奔。这就是它能跑这么快的真相！从那以后，我再也没见过八条腿的兔子。不是我自夸，我的猎犬忠诚可靠，本领高超，但那只野兔同样非比寻常。如果不是我的追风犬对野兔的速度嗤之以鼻，恐怕我会给对方冠以"最快"的荣誉。

追风犬的名字来自它快如闪电的速度与灵活敏捷的身手，在猎犬里出类拔萃。我对它极其宠爱，经常带着它一起出去打猎。追风犬不仅跑得快，耐力也很持久。时间长了，它的四肢都被磨短了一小段，速度也慢慢下降了。在追风犬的晚年，它只能抓捕速度奇慢、臃肿笨拙的獾。不过我并没有嫌弃它，相反还对它关怀备至。因为追风犬的一生都在为我服务，勤勤恳恳，任劳任怨，帮我追捕到许多猎物。我对它发自内心地感激，希望它能够安享晚年。

高超的马术表演

前面提到过，我喜欢动物，愿意和各种动物交朋友，尤其是名犬和名马。刚刚，我很高兴向各位介绍了追风犬，它为我的狩猎生涯立下了汗马功劳。接下来，我想为大家讲讲一匹立陶宛骏马的故事。那是一匹我没有花费一分钱就获得的骏马。由于获得它的机缘太奇妙，很值得我向诸位隆重介绍一番。

一切要从头讲起。当年，我在旅行时偶然路过立陶宛，并到波尔佐罗夫斯基伯爵的庄园里做客。在伯爵的盛情邀请下，我与许多贵妇人在客厅里品茶，其他男人都跑到院子里鉴赏名马。那还是一头年幼的马驹，刚被人从有名的马场送过来。

忽然，我在客厅里听到外面传来急切的呼救声，连忙放下茶杯，飞快地跑出去看看发生了什么。当我赶到院子里时，正好与那匹马驹打了个照面。那匹马驹桀骜不驯，神采飞扬。此时的它愤怒地瞪圆眼睛，貌视在场的所有人。刚刚围着它高谈阔论的男人们躲得远远的，胆小的骑手畏缩不前，胆大的骑手拿它没办法。一时间，现场的气氛变得无比凝重。人们面面相觑，他们没料到自己竟然会被这匹马驹给难住了。

我在旁边看得心急。一方面见猎心喜，另一方面也是想出风头，于是一个箭步蹿到马驹背上，紧紧抱住它的脖颈。没有准备的马驹吃了一惊，在院子里上蹿下跳，想要把我从后背上甩下来。可我艺高人胆大，再加上经验丰富，很快就驯服了这匹暴烈的马驹。我坐在马背上得意地大笑，然后向在场的贵妇们炫耀起自己引以为豪的马术技巧。在我的驾驭下，马驹被迫从窗户跳进了客厅，然后在房间里来回兜着圈子，走起了有趣的花步：碎步、慢步、快步……

我拉着缰绳，驾驭马驹做出一个又一个高难度动作，引得贵妇们不时发出惊叹。最后，我见气氛烘托得差不多，开始表演起自己的拿手绝技：握紧手里的缰绳，用力一提，马驹跳到不过方寸大小的茶桌，在这块有限的"舞台"上，尽情展示娴熟的马术技巧。在场的贵妇们见状全都惊叹不已，大饱眼福。我意气风发，觉得自己成了人群中的焦点，感觉特别有面子。

事后，伯爵先生对我的本领大加称赞，对我的态度也比原来更加亲和。看来我高超的马术给他留下了深刻的印象。因为那匹马驹桀骜不驯，除了我

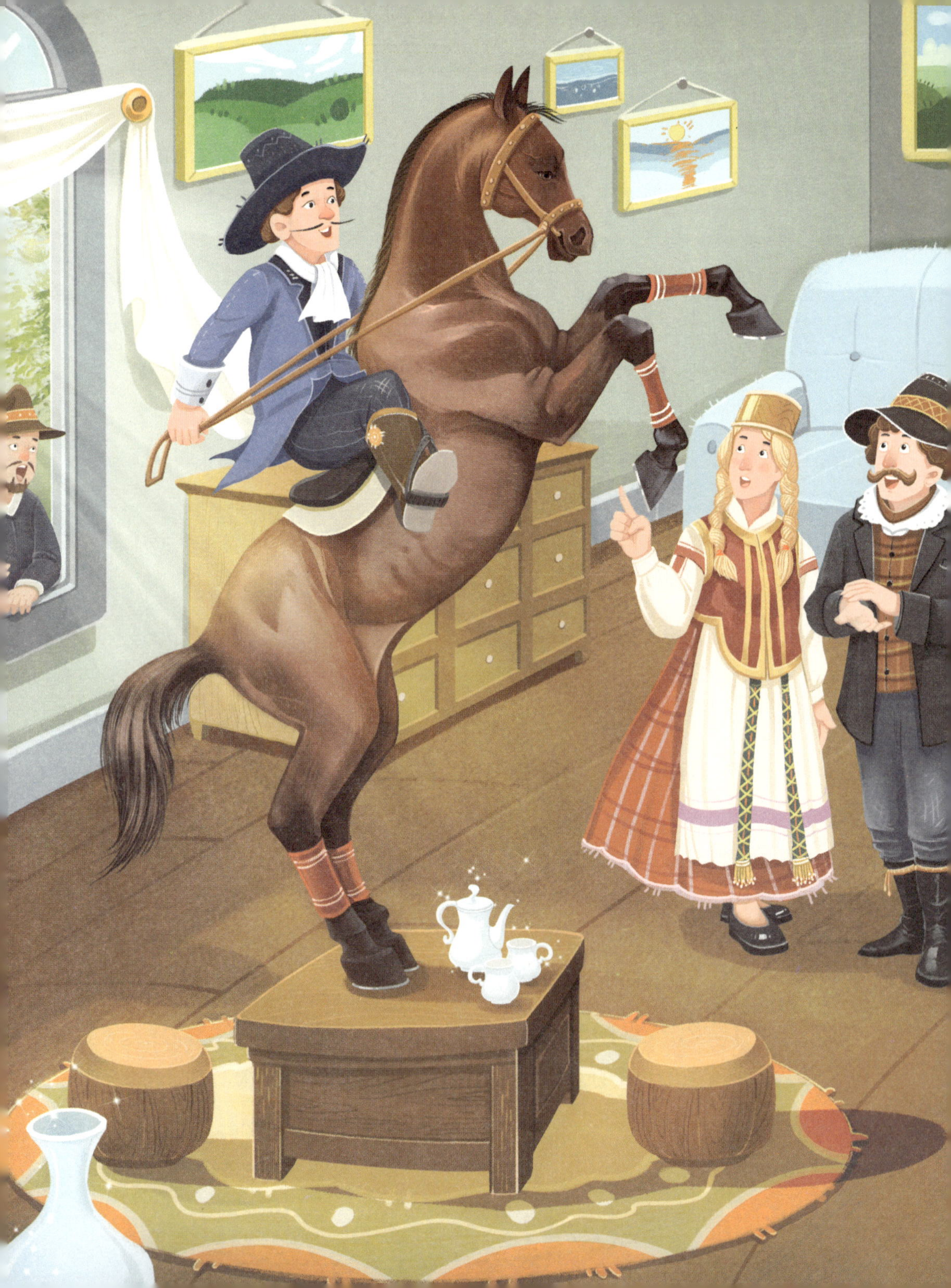

谁都不服。因此伯爵先生找到我，用谦逊友善的态度询问我："你想要那匹马驹吗？"

我回忆起驾驭马驹时，它的体态是那样潇洒优美，动作是那样轻巧灵活，甚至在茶桌上表演时，连茶壶和茶杯都没碰到，不禁有些心动。毕竟我始终都是一个爱马人士。

眼光卓绝的伯爵先生看出了我的心思，于是大方地把那匹马驹当作礼物送给了我。对此，我自然是千恩万谢，赞美伯爵先生的慷慨。就这样，我没花一分一厘就得到了一匹血统纯正的立陶宛骏马。我非常爱惜这匹良驹，将它视若珍宝。而它也对我忠心耿耿，全心全意地侍奉我。

后来，俄国与土耳其爆发了战争。我选择到俄国军中服役，在名将明尼希伯爵的领导下，我骑着立陶宛骏马南征北战，冲锋陷阵，屡立战功，所向披靡。

战争带给我的思考

俄国与土耳其的战争其实在我的计划之外。我本来只是想在俄国旅行。但战争的爆发让我不安分的心剧烈跳动。我成为一名俄国的士兵，带着伯爵先生送给我的礼物——一匹立陶宛骏马踏上前线。

在战场上，我的马表现得非常优秀。它遵守命令，顽强刚烈，比我更像一名军中的老兵。看到它出色的表现，我的内心翻涌着一股冲动，想要成为一名出色勇敢的士兵，甘愿为理想奉献生命。

我与同伴们跟随俄军主力奔赴前线。过去，沙皇彼得率领俄军在普鲁特吃了大亏。如今，在主帅明尼希伯爵的率领下，俄军的士气非常高昂，屡战屡胜，一雪前耻。

不过，虽然俄军打了不少胜仗，英勇的士兵们却没得到多少好处。因为国家赏赐的东西都被上级私吞了。甚至连远离战场，窝在宫殿里享乐的国王与王后也侵吞了属于士兵们的战利品。这些人除了偶尔视察部队，身上沾染一些火药味以外，平时只顾着吃喝玩乐，哪里顾得上在前线奋勇杀敌的英雄们呢？

对于这次俄土战争，我没什么好说的。但我觉得，作为士兵，我们在战场拼杀，尽到了自己的职责，每个人都应该成为爱国的勇士。而那些无能的官僚、政治家只会空口白牙地说大话。以我为例，我在战场上指挥匈牙利轻骑兵军团，将自己的才智和勇敢发挥到极限，圆满完成各种侦察任务，率领同伴不断取胜。老实讲，我说这些不是想跟当官的争权夺利，我只是想让那些功绩和荣誉被记在应得的人名下。

断成两截的马

战争不是过家家。战场上的形势瞬息万变，没人能保证自己永远安全。有一次，我们奉命把土耳其人所在的奥特查克要塞团团包围，准备打一场漂亮的歼灭战。随着前线指挥官一声令下,我率领着匈牙利轻骑兵军团冲锋在前,气势汹汹地直扑敌方要塞。我那勇猛的骏马在这种氛围的刺激下,表现得异常活跃,驮着我一马当先,几乎就要脱离大部队了。

血肉横飞的战场让我的头脑不再冷静,我并不清楚自己快要处于一个危险的境地。没过多久,冲锋在前的我发现面前敌军的阵地,忽然卷起了遮天蔽日的尘土。我下意识地眯起了眼睛,并很快反应过来,这是土耳其人的计谋!他们想趁着尘土飞扬的时机,快速进军,打我们个措手不及。的确,这种障眼法虽然老套,但很实用。漫天的灰尘遮蔽了视线,一时间我们也分析不出敌人的情况。我醒悟过来后,立刻命令左右翼的轻骑兵们飞快分散开,把战线拉长,同时竭尽全力扬起尘土。毕竟战术是死的,人是活的,以彼之道还施彼身的方法我们也会。

我手下的轻骑兵们严格执行了命令,这下土耳其人也搞不清我们的军情了。而我为了摸清敌人的底细,单枪匹马地冲在最前方,认真观察土耳其人的军情。很快,双方在战场上短兵相接,敌军因为情报不明,被打得落花流水,仓皇地朝身后的要塞撤退。我大喜过望,知道现在是决战的良机,于是下令轻骑兵们乘胜追击,乘乱歼灭了许多敌人。最后,剩下的土耳其溃兵逃回了要塞,我们初战告捷。

不过,我没有满足这样的小胜利。因为我的骏马奔跑速度奇快,所以我出现在追杀敌人的第一线。令人啼笑皆非的是,要塞这边刚打开门,溃军就玩命地往里面挤,而我的速度又快,就这样毫不费力地冲进了要塞里。

战场上的失利与我的出现,严重动摇了土耳其人的军心。我发现要塞的局面混乱不堪,敌人们慌不择路,只想着逃命。看来,我又不费吹灰之力地占领了这里。

战后,我来到要塞的中心广场,想要命令吹号手吹响集合的号声,召唤我手下的轻骑兵们,清点伤亡人数。可令我不解的是,我环顾四周,竟空无一人。我既没有找到吹号手,也没看到任何一名穿着匈牙利军服的轻骑兵。这是怎么回事?难道我成了光杆司令吗?对此,我百思不得其解:"这群家伙跑哪儿去了?在别的街区吗?"

虽然没有找到士兵们的下落,但我没有惊慌。因为我相信他们不会把我扔在这儿不管的。今天我的马真是累坏了,现在仍然气喘吁吁。于是,我骑着它走到广场上的水井旁。马儿发出一声满足的嘶鸣,然后把头探进水井,咕咚咕咚大口喝着水。随着时间的推移,我渐渐察觉到事情有些不对劲。我的马儿喝了这么久的水,怎么还在继续喝?它的肚子又不是无底洞,不怕撑爆吗?我回头想要看看马儿的肚皮有没有撑大,却惊恐地发现了一件可怕的事!各位先生,你们绝对猜不到我看见了什么!我那可怜的马儿不知从什么时候起,竟然没了后半个身子!那断口齐刷刷的,很新鲜,像是被锋利的巨斧拦腰斩断一样。马儿依旧一无所知地喝着水,而被它咽下去的水又从断口稀里哗啦地流出来,根本解不了渴。

我看得目瞪口呆,搞不清到底发生了什么。好在这时,我迎面遇到了自己的马夫。他看到我安然无恙地坐在马上,立刻松了口气。然后一边向我祝贺,一边絮絮叨叨地抱怨我。我问他知不知道发生了什么事。马夫点点头,然后把实情一五一十地讲给我听。在他绘声绘色的描述下,我总算弄明白为什么我现在孤身一人,以及半匹马的真相。原来,当我骑着骏马尾随溃军追进要塞,在战场上大放异彩时,守城的敌人突然把要塞门口的铁闸放了下来。由于速度太快，我可怜的马儿在不知不觉中，被铁闸砸断了后半个身子。出乎所有人意料的是，马儿的后半段身子依然活着。只是它没了双眼，看不到方向，只好漫无目的地在战场上驰骋，四处搞破坏。后来，可怜的半截马掉转方向，遵循本能的冲动，向草地的方向狂奔而去。在那里，它正以胜利者的姿态奔跑、嬉戏。

听完马夫的话，我迫不及待地拨转马头，驾驭着前半截马，向马夫说的那片草地飞驰。我可怜的坐骑不知道发生了什么，对我的表现很不解，不时回头用疑惑的眼神望着我。我的运气还不错，抵达草地后，很顺利地找到了逍遥自在的后半截马。让我感到惊讶的是，后半截马虽然没了脑袋和眼睛，却仍然表现得活蹦乱跳。此时，它正在草地上与其他漂亮的牝马们打闹嬉戏，彼此之间的氛围非常轻松热烈。看来，在这种环境下，它有没有头似乎并不怎么重要。不久后，后半截马的孩子们出生了。虽然它们全都遗传了父亲的特征，只有半截身子，属于畸形的怪胎，但不得不承认，如果没有后半截马的出现，恐怕它们并不会降生到这个世界上。

在半截马跟自己的妻妾们告别后，我领着它回到了军营，拜托军医帮我治好它们。军医略感惊奇地研究了半截马的身体，然后告诉我，因为马儿的两截身体有着共同的起源，并且都还活着，所以还有救。只见军医掏出月桂树的嫩枝，用它把两个半截马的身体缝在一起。不久后，缝合的伤口愈合，完整的立陶宛骏马就这样又回来了！还记得用来缝合伤口的月桂树枝吗？随着时间的推移，它在骏马的身上茁壮成长，变成了一座月桂树枝构建的小凉棚。从那以后，我一直坐在舒服的凉棚下面镇定自若地指挥战斗，建功立业。

不老实的胳膊

打仗其实是一件很折磨人的事。这并不是我娇气才这么说。

恰恰相反,我可是有名的战斗英雄,率领勇猛的匈牙利轻骑兵军团冲锋陷阵,攻城略地。这只是我有感而发的肺腑之言。各位先生,请你们想象一下吧,如果是你平静的生活被打乱,自己又被征召来到血肉横飞的战场,耳边枪炮轰鸣,身边战友不时倒下。除非是久经战争洗礼的老兵,恐怕一般人都会对战争心有余悸。即便我这个老猎人也不例外。毕竟狩猎是狩猎,战争是战争,两者没办法相提并论。

战争不光给我带来思考,还给我带来伤病与疼痛。毕竟我也只是一名普通人,没想到有一天会为了俄国与土耳其人厮杀。在上次大战胜利后,我发现自己似乎留下了后遗症。还记得我之前说自己一马当先,在战场上奋勇杀敌的事吗?可能是因为长时间、高强度地与土耳其人战斗的关系,我的手臂肌肉始终处于紧绷的状态,即便是在战争结束后也没有缓解。下了战场,我发现自己的胳膊竟然一直重复着挥刀砍杀的动作,哪怕明显感觉胳膊已经因为周而复始的动作,变得酸麻、疼痛,却仍然控制不了。对此,我感到非常恐慌。难道我的胳膊恢复不了了吗?我连忙找到军医,问他该怎么办。军医给我检查了一番后,轻松地告诉我没事,过几天就能恢复。

于是,我为了不让自己的胳膊误伤别人,用绷带狠狠把它绑了起来。有了绷带的束缚,我的胳膊不得不安静下来。随后,我吩咐手下的士兵,等到八天后再为我解绑。不得不说，那个滋味真不好受，现在想起来，我还觉得胳膊像是被砍掉了一样。

骑着飞起来的炮弹

各位先生，不是所有喜欢骏马的人，都能拥有像我一样精湛的骑术。虽然听上去很像我的自夸，但如果真的有人可以如同我一样驾驭立陶宛骏马，那么对方的骑术一定非常高超，甚至可以在一种特殊的马背上表演马术。

得出以上的结论并非我武断。先生们，请听听我的亲身经历，你们也许就明白了。那一次，我们奉命围困一座城堡。当然，现在我已经记不清是哪座了。陆军统帅在观察城堡后，认为城堡易守难攻，如果不派人潜入摸清敌军布置，恐怕我军会损失惨重。可想要潜入这样一座戒备森严的军事堡垒谈何容易？当时俄军里并没有合适的人选。正在陆军元帅一筹莫展的时候，我凭着一腔热血挺身而出，接受了这项任务。

我走到正在向城堡倾泻火力的火炮旁边，然后在炮弹飞出炮口的一刹那，用力一跳，像骑马一样落在炮弹上，就这样坐着炮弹，无视土耳其人的岗哨与城防工事，一往无前地向城堡飞去。

在飞行途中，凛冽的风吹拂我的脸庞，冲动的热血慢慢冷却，各种顾虑和烦恼涌上心头，我有些后悔了。当时，我在心里想："可悲的男爵先生，就算你现在可以这样进来，但一会儿你怎么离开呢？你又凭什么躲过敌人的巡逻，自由探查军情呢？动动你的脑子想想吧。万一敌人发现你，马上就会判断出你是俄国的间谍，然后把你押到绞刑架上吊死。"我开始思索如何脱身，并做出决定：一会儿要是有从城堡射向对面的炮弹，一定要抓住机会，跳到另一颗炮弹上回去。谢天谢地，我最终成功坐上了另一颗炮弹。虽然没有收获任何情报，但我总归是平安无事地返回了。

骑马过窗户

关于我的骑术有多么高超，想必在座的各位先生应该已经有所了解。我可以驾驭马儿在茶桌大小的地方表演马术，也可以骑在炮弹上随心所欲地往返跳跃，那些小小的堑壕和低矮的篱笆对我来说，更是不值一提。在我看来，任何沟沟坎坎都是能够骑马驰骋的宽阔大路，从上面跨过去，没有任何难度。这并不是我在说大话，而是有切实可靠的证据能证明我所言非虚。

在战后的闲暇时光，我们的日常生活还是很自由的。主帅对士兵们私底下的生活并不会做什么干涉。对他而言，只要能够打胜仗，不拖后腿，不影响作战，那就没什么大不了的。

有一次，我在军营里待得烦闷，就想骑马出去走一走。当我提起猎枪，翻身上马以后，属于猎人的回忆苏醒，我久违地想找些猎物追捕一下。恰巧，我在田野边发现了一只偷吃粮食的兔子，心里非常激动，连忙策马扬鞭，朝兔子追了过去。这只兔子很警觉，两只长长的耳朵竖了起来。它感受到了地面的震动，察觉到猎人的接近，连忙放弃进食，用力蹬着两条健壮的后腿，快速向远处跑去。这只兔子的速度很快，虽然比不上以前碰到的八条腿的野兔，但也不是短时间能够追得上的。我开始怀念家里的追风犬，如果它在身边，我哪还需要这样费力呢？我追着兔子越过田野，来到公路。忽然，远处有一辆马车朝这儿驶来。车上载着两名漂亮的女郎，她们正从车上敞开的窗户好奇地向外张望。马车走到我和兔子中间，我的马没有停下的意思，于是我只能牵着缰绳，连人带马一起从马车的窗户中穿了过去。因为时间太过仓促，我都没有来得及向女郎们脱帽致歉。

提着辫子逃出泥潭

　　我虽然被上天眷顾，经常能化险为夷，逢凶化吉，但并不意味着我能事事顺心如意。多年来，我始终仰仗着精湛的骑术四处驰骋，即便是在凶险的战场上，也能护自己周全。

　　可人如果一味地信任自己的技艺，难免会因为过度自信而粗心大意，导致出现问题。就像擅长游泳的人总有一天会溺水一样，擅长骑马的人也避免不了落马。

　　有一次，我骑马出去办事，因为急着赶路，所以我找了一条不太好走的近路。不过，我对自己的骑术信任有加，并不觉得会出什么问题。没一会儿，我发现前方有一个泥潭。因为视线的关系，我一开始以为泥潭没有多宽,就想着直接骑马跳过去。可等我骑马飞跃到泥潭上空时,才惊讶地发现下面的泥潭远比我想象的宽很多。为了不让自己掉到泥潭里,我赶忙在半空抓住缰绳用力一扭,把马头掉转过去,惊险地回到了刚刚起跳的地方。

因为急着去办事,我不想再绕远路,而且我对自己的骑术很自信,觉得再宽的泥潭也难不住我,无非就是多向后撤一些,然后进行更长的助跑罢了。事实证明我太天真了。当第二次起跳后,我依然错估了泥潭的宽度,这回我没时间反应,连人带马全掉到泥潭里了。乌黑黏稠的泥浆迅速淹没了我和马儿的大半个身子,只剩下我俩的脑袋露在外面。我不想这样默默无闻地死去,于是急中生智,用双腿夹紧马肚,然后腾出一只手拽住自己的辫子,使劲往上一提,我和马儿成功地飞出了泥潭。回想起来,那时真是太险了!如果我当时胆子小、力量不够的话,恐怕我就不能像现在这样和大家侃侃而谈了。

被俘后成为养蜂人

都说人有失足,马有失蹄,过去我还不以为意,直到一切在我的身上发生,我才明悟这句话的真谛。哪怕我有勇有谋,擅长跑步,哪怕我的骏马灵活敏捷,奔跑迅速,也避免不了我战败被俘的命运。毕竟这个世界上哪有常胜将军呢?唯一值得庆幸的就是我没有当场丧命,而是按照土耳其人的规矩,成为他们的奴隶,被带到苏丹的花园成为一名养蜂人。对我这样的轻骑兵上尉而言，卑贱的身份和职业无疑是一种羞辱。但为了活下去，我不得不每天忍受这样的屈辱，担负起沉重繁杂的工作。

养蜂人的任务很简单，也很琐碎，每天都需要把属于苏丹的蜜蜂送到牧场里放飞，然后片刻不停地看守它们。等到夜晚降临，再把所有蜜蜂一只不少地护送回各自的蜂箱里。在这样巨大的肉体与精神压力下，我过得生不如死。

有一天黄昏，当我准备把苏丹的蜜蜂送回蜂箱，清点数目时，竟然发现有一只蜜蜂不知跑到哪里去了。对此，我心灰意懒，垂头丧气。忽然，我听到不远处传来奇怪的声音。我抬头一看，发现是两只大狗熊正在挥舞爪子，拍打那只跑丢了的蜜蜂。倒霉的蜜蜂在两只大狗熊的夹击下拼命闪躲，眼看就要被拍死。我精神一振，下意识地就想解救那只蜜蜂。不过，那时的我只是一名土耳其人的奴隶，身边没有立陶宛骏马，也没有忠诚的猎犬，更没有心爱的猎枪。我能使用的武器只有一把银斧，那是苏丹农奴和园丁的象征。但即便这样，我也没有迟疑地把那把银斧朝着那两只野蛮的狗熊扔了过去，想要把它们吓跑。我的计划很成功，大狗熊们落荒而逃，差点没命的蜜蜂也赶紧飞回了蜂箱。

值得一提的是，因为我刚刚急于救助可怜的蜜蜂，投掷时用的力气有些大，所以银斧飞得又高又远，完全没有停下的意思。最后，那把银斧竟然落到了月亮上。这下我傻眼了，该怎么把银斧拿回来呢？我坐在地上苦思冥想，最后想到了一个好主意。在土耳其的这段时间，我听说有种叫土耳其菜豆的植物能够一直长高，而且生长速度很快，这完美满足了我的需求。于是，我立马跑到花园里栽下一颗土耳其菜豆的种子。很快，在我的

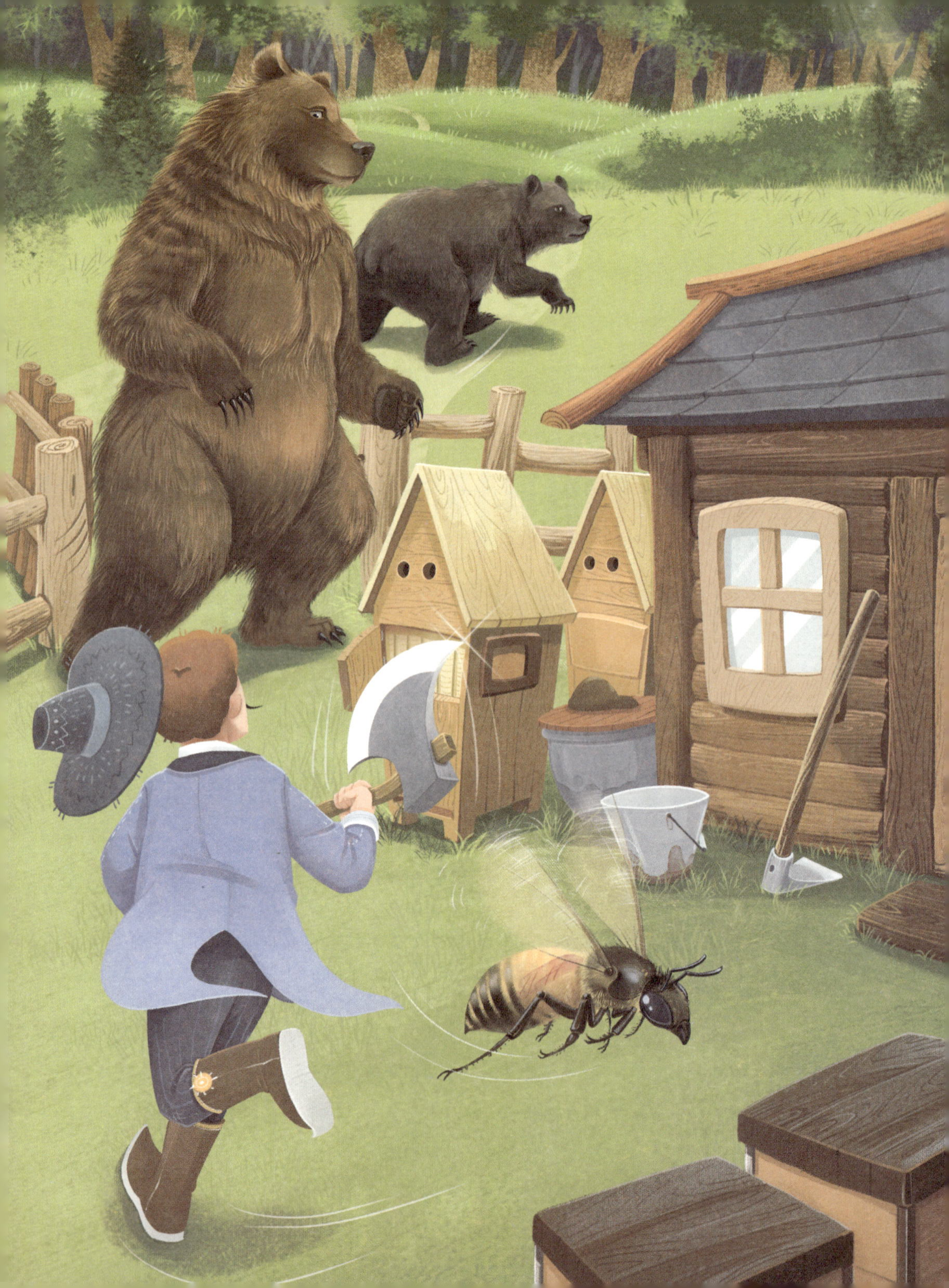

培育下，这颗菜豆迅速生根发芽，破土而出的藤蔓不断向上延伸，并且直接钩住了天上弯月的一角。我信心满满地攀着藤蔓，费尽九牛二虎之力爬上了月亮。

可等我脚踩在月亮上才发现，这里到处都是明晃晃、亮灿灿的银光。而我丢的又恰恰是一把银斧。这让我怎么找？算了，自己丢的斧子，硬着头皮挖地三尺也得找到。就这样，经过长时间地毯式搜索，我在一堆零碎的干草堆和谷壳上找到了我的银斧。我欢呼雀跃，总算能离开这里了！可等我准备返回地面时才发现，藤蔓已经被热情的太阳烤干了！这下惨了，我连地球都回不去了。好在我想到刚刚的干草堆，于是打起精神，把干草编成长长的绳子。我娴熟地把草绳的一端系在月亮上，然后顺着绳子向下滑。绳子不够长？没关系，用银斧把上面多余的部分砍下来，再接在下方。不知过了多久，我总算能依稀看到地面上苏丹的农庄了。不过，因为草绳经不住我的反复折腾，最终在距离地面还有几千米的高空断掉，措手不及的我重重摔到地面上，昏迷不醒。

当我醒来后，注意到自己正处于一个深坑里。看来昏迷前摔得太狠，都把地面摔出个大坑了。我抬头打量了下，发现这里离地面有一百多米。我该怎样才能出去呢？我在坑底急得团团转。最后，我决定再拼一把，用自己的指甲硬生生从坑底挖出一级级台阶，然后爬了上来。

被惩罚的狗熊

经历过这次在月亮上九死一生的冒险后,我比过去变得更加成熟稳重、镇静智慧。我坚信从此以后,再也不会有什么紧急事情让我手忙脚乱,无论面对什么突发情况,我都可以时刻保持镇定,游刃有余地解决掉。当然,这并不意味着我会放过导致这次事件发生的"罪魁祸首"——那两只欺负蜜蜂的大狗熊。要不是它们在威胁蜜蜂的生命安全,我何必把银斧抛出去,又哪里需要吃那么多的苦头呢?

有惊无险地回到地面后,我一边跟过去一样,为苏丹放养蜜蜂,一边盘算着怎么对付那两只大狗熊。说起来,狗熊都很喜欢吃蜂蜜,这也是它们总是纠缠蜜蜂的主要原因。既然这样,我是不是可以利用这点收拾它们呢?很快,我灵机一动,想到一个好主意。

这天晚上,我收集了许多蜂蜜,然后均匀地涂抹在农用车的车杠上,自己悄悄躲了起来。果不其然,一只馋嘴的狗熊从很远就嗅到了蜂蜜的气味,晃晃悠悠地走了过来。它翕动着鼻子,围着车杠转了几圈,随后迫不及待地舔起了蜂蜜。可能是觉得不过瘾,那只狗熊居然把车杠吞进了肚子里!那条车杠可是很长的。车杠顺着狗熊的喉咙滑下去,经过了食道、胃,最后从屁股里冒出了一截,而沉迷蜂蜜的狗熊对此一无所知。这时,在旁边看了许久热闹的我跑过来,给车杠钉上木销子,直接把狗熊的退路截断。这下,它不得不老老实实坐在原地，直到次日的清晨。几小时后，天光大亮，来花园散步的苏丹瞧见了狗熊难堪的模样，忍不住哈哈大笑。

辞别俄国

自从来花园散步的苏丹知道是我教训了狗熊以后，我的奴隶生活变得没有之前那样辛苦了。也许是苏丹佩服我的奇思妙想，特意交代了管理庄园的人？不管怎样，能比原来的工作轻松，就已经是一件好事了。虽然我沦落为土耳其人的奴隶，并被迫每日劳动，但苦难和挫折没有摧毁我的意志，我的精神在日复一日的折磨中变得越来越坚韧，越来越不屈。我没有一刻不想逃离这里，摆脱屈辱的身份。我开始一边工作，一边思考自己的逃脱计划。就在我没有头绪的时候，俄国与土耳其议和，惨烈的战争结束了！不久后，土耳其人告诉我，他们将把我和其他俘虏送回俄国，这是双方和谈的一个条件。这个好消息让我喜出望外。我情不自禁地向上天祷告，感谢上天，感谢俄国！上天万岁，俄国万岁！

很快，土耳其人信守承诺，把我和其他不认识的战俘送回了圣彼得堡。我重获自由了！这次战争对我的人生影响很大。我提前结束了在圣彼得堡的旅行计划，在和出生入死的战友们告别后，我离开了俄国。当时的欧洲局势动荡，革命氛围浓烈，继续留在这儿可不是好主意。于是我在距今差不多四十年前，也就是大革命爆发前后离开了俄国。说起来，现在的沙皇那时还是个婴儿，但早早地就和他的父母、不伦瑞克大公，还有陆军元帅明尼希一起被流放到西伯利亚。那时，整个欧洲都被严寒笼罩，想必火热的太阳也经受不住寒冷，因为它好久没有出来了。在返回家乡的路上，我遇到了天大的麻烦，甚至远比我去俄国时遭遇的更危险。

回乡奇遇

离开俄国的时候，我被迫搭乘了邮政马车。这是因为从土耳其被遣送回来时，我的那匹立陶宛骏马被扣留在那儿了。回乡途中，邮政马车载着我拐进了一条我不熟悉的小路。道路两侧耸立着高大的篱笆，整体由荆棘和灌木组成。我看这里的道路有些狭窄，于是提议车夫把号角拿出来时常吹一吹，提醒其他路过车辆，以免跟对方挤在一起。车夫虚心接受了我的提议，拿着号角，鼓着腮帮子全力吹了起来。不过，令人感到疑惑的是，不管车夫如何卖力，号角始终一声不响。变成哑巴的号角让我有了不好的预感。果不其然，由于号角没法发声，麻烦接二连三地出现了。

一辆马车迎着我们飞驰过来。这条小路可容不下两辆并排的车。眼看危险越来越近，我赶紧从车厢里跳出来，把缰绳扯住，摘掉马具，把整个马车和邮包全扛了起来，然后一下子从高大的篱笆与宽阔的河面上跃了过去，落在远处的田野上。我喘着粗气，这些东西比我想象的还要重！原地歇了一阵，我又扛着东西返回小路，巧妙地避开了那辆马车。随后，我又照葫芦画瓢地夹着两匹马折腾了两回，蹦回了小路，再把马具重新套好，这才得以继续赶路。最后，我坐着邮政马车，和车夫历经千辛万苦，到达了新驿站。

说到这儿，我再提一嘴邮政车夫的马，里面有一匹没到四岁的小家伙，脾气暴躁，喜欢捣乱。在我夹着它准备跳过篱笆时，它打着响鼻，四条腿使劲扑腾，看上去是在对抗我的行为。我没有任由它捣乱，而是直接把它的腿塞到我的衣服口袋里，好不容易才折腾回小路。

离谱的号角

外面天寒地冻，我们坐在驿站的火炉旁取暖。温暖的火炉令人心情舒畅，尤其是这样寒冷的天气，我们情不自禁发出了满足的呻吟声。车夫拍了拍身上的尘土，然后把号角挂在火炉旁的钉子上。注意，各位先生！神奇的事发生了！挂在钉子上的号角竟突然发出了嘹亮的声音。我和车夫一开始被惊得目瞪口呆。很快，我们反应过来，刚才在路上，之所以车夫那么努力吹号角都没有声音，原来是因为号角的声音被冻住了。现在它挨着火炉，被冰冻的声音受热解冻，这才从号角里传了出来。更奇妙的是，从号角发出的声音音质很完美，连旋律都没受到影响。就这样，我们坐在火炉旁烤火，挂在钉子上的号角就一直自动吹奏。我们听到了很多美妙的乐曲，比如《普鲁士进行曲》《冷酷的心》《亲爱的堂兄弟》等，音乐种类五花八门，吹奏的水准很高超，旋律也非常美妙。我瞄了一眼正在欣赏乐曲的车夫，没想到他在音乐上的造诣还挺高。

号角的演奏仍在继续，最后以一首《诙谐曲》宣告结束。而我也要在这里，宣布结束我在俄国的游记。

很多冒险者逢人就会吹嘘自己多么了不起，经历了什么样的奇妙冒险，这些话乍一听很像假的，可当人们认真揣摩后，会发现他们说的也有可能是真的。当然，各位对此保持怀疑的态度也很正常。不过，我可以向诸位保证，我是一个诚实的人。如果有谁怀疑我，我也不会多说什么，只是希望这些人在我一会儿讲述海上冒险传奇之前，能够赶紧离开。因为我接下来要讲的经历听起来更加不可思议。当然，这些都是真实发生过的。

第一次航海冒险

在记忆里，我人生中第一次去海外探险的时候，年纪还很小，比去俄国时的年纪还要小。依稀记得，那时的我青春年少，旅行和冒险已经成为我毕生的追求。追根究底，这都源自父亲长年累月的熏陶。年轻时四处冒险的他最喜欢在漫漫冬夜，同围坐在火炉旁的家人讲起自己过去的冒险经历。因此，很多人都觉得我遗传了父亲爱冒险的天性。对了，有关我父亲的故事，以后有机会我会讲的。

我总是喜欢把握各种时机，亲近自然，感知世界，去慰藉我那颗热爱旅行和冒险的心。但不管我怎样努力，我的家人总有这样或者那样的理由阻止我。有时，我好不容易说服了父亲，母亲和姨妈又站出来横加阻拦，这就导致我不得不想方设法做些别的事情。就在我跟家人"斗智斗勇"时，我第一次见到了来家里做客的舅舅。他是一位年轻的匈牙利轻骑兵上校，有着无比漆黑的胡须，性格活泼、风流倜傥。老实说，那时的我跟舅舅很像。我们都是一样英俊潇洒，一样喜欢冒险和旅行。虽然他经常冲我又嚷又叫，但心里对我十分宠爱。舅舅说我是一个活泼的孩子，他愿意帮助我实现理想。舅舅是一个靠谱的成年人，口才远比我优秀得多。他经常领着我跟母亲和姨妈"谈判"，一起提出种种合理的设想。尽管母亲和姨妈把这些主意全盘否定，但我们没有放弃，继续提交自己的设想。在进行了一段时间的拉锯战后，母亲和姨妈终于被我们的诚意和执着打动，她们同意我跟着舅舅一起去玩一段时间。舅舅说他的叔叔在海外的锡兰岛做总督，要带着我来一次航海冒险。

会飞的大树

在和亲爱的家人告别后，舅舅带着我来到了位于荷兰的阿姆斯特丹港。我问过舅舅为什么要去锡兰岛，他说有事情要办。然后领着我从荷兰国王那里接下了重要的信函，于阿姆斯特丹港乘船出发。这是我人生中第一次出海航行，碧海蓝天，海鸟游鱼，海上的一切对我来说都是那么新鲜有趣。不过，舅舅告诉我，海上的气候反复无常，暴风巨浪在大海上是家常便饭。我一开始没有放在心上，但从港口出发没几天，我就领教了大海的脾气。

去锡兰岛的路途十分遥远，有时我们必须在一些沿途的岛屿停泊一段时间，弄些干柴、淡水之类的补给。这天，我们的船只像往常一样在一座小岛边上停靠。忽然，晴朗的天空转眼间被漆黑的乌云遮蔽，闪电在云层中翻滚，风暴来袭，平静的海面顿时变得波涛汹涌，层层巨浪接二连三地涌了过来。狂风卷积着雨水，劈头盖脸地朝我们砸来，高大的树木轻而易举地被拔出地面，转着圈地飞向高空。每棵大树的重量都不容小觑，有的甚至足足有几十吨重。不过，在狂暴的大风面前，再沉重的树木也显得轻飘飘的。它们如同羽毛一样，在高高的天空上被风吹得来回飘荡。可令人惊叹的是，当暴风骤雨消失后，这些飞在空中的大树全都安然无恙地落回了地面，而且刚好奇迹般地落在原本的位置上。更不可思议的是，这些大树落地后，迅速扎根发育，没一会儿就恢复成风暴前的模样，看上去好像什么都没发生一样。但我们注意到，这座岛上的那棵最大的树不同，它没能回到原本的位置，而是直接倒了。

这是怎么回事呢？我们凑到倒下的大树前上下打量，很快就发现了真相。原来，这是一棵结着黄瓜的树。风暴来临前，岛上的一对原住民夫妇正忙着在树上摘黄瓜。因为风暴出现得太突然，这对夫妇来不及躲避，只能紧紧抱着粗壮的树枝，连同大树一起被吹上了天。如果按照大树原本的重量，它是可以平稳落地的。但谁让那对倒霉的夫妇也在树上呢！大树的重量临时增加，等到风暴消失，它在落地时没办法回到原本的位置，而是倾斜着向地面跌落。与此同时，岛上的居民面对突袭的风暴，纷纷惊慌失措地躲避起来。连位高权重的酋长也慌张地从屋子离开，跑到空旷的花园避难。可那棵失掉准头的大树正好瞄着花园的方向砸了过来，躲闪不及的酋长不幸被从天而降的大树当场砸死。

我们对眼前发生的一幕感到啼笑皆非。事后，我们从岛上居民的口中得知，这位倒霉的酋长并不算什么好人。他贪婪残暴，视财如命，经常对统治下的居民横征暴敛。因此，不管是普通的平民百姓，还是酋长手下的达官贵族，又或是被酋长宠爱的妻妾，对酋长的评价都是死有余辜。据他们所说，这座小岛的地理位置非常优越，明明没有被外敌入侵的担忧，可酋长把岛上所有的青壮年都拉到军队中，把他们训练成强大的士兵，然后让这些士兵把他的收藏品高价卖给邻国的亲王，从而狠狠挣上一笔。不过我需要在这里说一下，岛上的货币并不是我们印象里的法郎、卢布或者泰勒，而是随处可见的贝壳。也就是说，就算酋长把收藏品高价卖出，挣到的钱也不过是几百万贝壳罢了。

我们从岛上的居民那里听说，酋长有去过北方旅行的经历，并在那边学到了各种稀奇古怪的规矩。对岛上的居民来说，酋长到北方旅行，相当于我们到格陵兰岛或者加纳利群岛，是几乎难以实现的奢望。可作为从北方过来的人，我们可以明确表示，酋长的那些规矩简直离谱。不过，我们也出于许多原因，不愿意在大家面前揭露酋长的谎言。

选出新酋长

自从小时候从父亲那儿听说了各种奇妙的冒险故事后，我的心底就悄悄埋下了一颗种子，并且随着年龄的逐渐增长，那颗名为"旅行和冒险"的种

子也渐渐生根发芽,茁壮成长。如今,我对旅行的渴望再也难以抑制。我十分庆幸舅舅不像妈妈和姨妈那样古板,正是因为他不厌其烦地劝说,我才名正言顺地拥有了这次十分难得的旅行机会。我从来没有觉得旅行和冒险是一件无聊的事。事实也证明,我的想法是对的。作为人生中第一次的航海冒险,我不光见识了大海的辽阔、自然气象的恐怖,还在这处偏僻的岛屿上,见到了奇特的大树,看到了不同于其他地方的风土人情,甚至和舅舅一起有幸见证了新酋长的诞生。

事情是这样的。还记得那对在大树上摘黄瓜的夫妇吗?当风暴来袭,他们连同大树被一起带到了高空,像小鸟的羽毛一样在空中来回旋转、飘荡。按理说,不会有人在那样的环境下生存下来。但奇迹出现了!大树从天而降,轰然倒地,甚至砸死了残暴的老酋长,但那对夫妇竟然安然无恙地活了下来,这可真是一件稀罕事。据落地的夫妇

说,当时他们紧紧抱着大树,一刻也不敢松手。其间,他们曾因为距离太阳过近,被灼伤了眼睛,但夫妇两人依旧忍着疼痛没敢放手,这才侥幸平安无事。

当夫妇把事情的原委向岛上的居民述说后,所有人醒悟过来。他们不仅没有记恨夫妇害死老酋长,甚至对两人的行为非常感激。他们一起协商,既然老酋长已死,那么干脆就选夫妇两人作为新的海岛之主。后来,我听说每当岛上居民在吃黄瓜时,都会由衷地感慨道:"感谢上天赐予我们新酋长!"

狮鳄相争，他人得利

虽然刚刚的风暴没有持续太久，但它的破坏力实在太大了，我们停在海上的船只都被毁坏了。因此，我们所有人不得不在岛上短暂休息几天。等到船只修好以后，我们向热情的酋长夫妇及岛民告别，重新登船，并扬起风帆，向着锡兰岛前进。六个星期后，我们顺风顺水地抵达了目的地——锡兰岛。

两个星期后，锡兰岛总督的大儿子突然找到我，邀请我一起去狩猎。尽管那时我还很年轻，但也已经是一名小男子汉，属于猎人的血脉蠢蠢欲动，连忙接受了邀请。我的这位新伙伴长得人高马大，性格也很好，而且从小就在岛上长大，对这里的气候非常适应。可我作为一名新来的外地人，很不适应这种酷热的天气。仅仅只是徒步走了一段距离，我就已经热得汗流浃背，不时喘着粗气。等走到适合打猎的森林时，我已经远远落后于他了。

我实在走不动了，于是选了一块接近河边的阴凉地坐下来歇脚，然后望着清澈的河水发呆。忽然，一股极度危险的感觉在我的心底浮现，身后也在同一时间传来"沙沙"的声音，听上去像是动物踩在落叶上发出来的。我赶紧扭头往身后看去，结果大惊失色。我的天哪！一头威猛的雄狮正迈着雄壮的步伐，朝我步步紧逼！它炯炯有神的眸子里闪烁着贪婪的光。看得出来，这家伙已经把我当成盘中餐了。不过，很抱歉，我可不愿意！说时迟，那时快，我来不及多想，直接举起猎枪瞄着狮子开了一枪。我的本意是想让狮子受伤，或者把它吓跑。可我忘了一件事——今天猎枪里的子弹是霰弹，只能对付野兔之类的小家伙。显然，雄狮被我的行为激怒了。它仰天咆哮一声，然后猛地向我扑了过来。我当然不会乖乖地站在原地等死，转身就想逃走。可刚一转身，面前的景象让我心都凉透了：一条张着血盆大口的鳄鱼正在等着我投怀送抱呢！

各位先生，请试着想象一下。那时的我前有鳄鱼，后有雄狮，左边是凶险的河流，右边是一眼望不到底的深渊，而且听说这儿还藏着世界上毒性最强的蛇。这是多么令人绝望的局面啊！恐怕就连希腊神话里那位大力神赫拉克勒斯面对这样的场面，也会手足无措，更别提我这样的凡人了。当时，我绝望地跌坐在地上，用双手蒙住眼睛，心里充满了恐惧。

"我要死了，不是狮子撕碎我的身体，就是鳄鱼把我生吞活剥！"我悲伤地想。可过了几秒钟，一声奇怪的巨响传进我的耳朵里，而我毫发无伤。这时，我壮着胆子睁开眼，想看看发生了什么。结果看到了让我毕生难忘的情景。先生们，你们猜我看到了什么？原来那头狮子朝我扑过来时，我刚好跌坐在地上，与它完美地擦肩而过。而狮子从我的头顶跳过去以后，竟然直直地撞进了鳄鱼的嘴巴里，硕大的脑袋卡住鳄鱼的喉咙动弹不得。它们用力挣扎着，都想摆脱对方，却谁也没能得逞。看到这样的景象，我喜出望外，连滚带爬地从地上站起来，抽出随身携带的长猎刀，狠狠地砍断了狮子的脖颈。然后我又举着枪托，拼命把狮子断掉的脑袋塞进鳄鱼喉咙深处，直到鳄鱼断气为止。

等我刚和两头猛兽血战完，我的好伙伴正好来找我，他目睹了惨烈的现场，对我深感钦佩。我们在互相庆祝以后，一起测量了鳄鱼的身长，发现这家伙足足有十二米长！事后，我们回去把这件事如实地告诉了总督，他听完后连忙派人用车把猛兽的尸体运回来。手艺高超的工匠把狮子毛皮做成了漂亮的烟袋，我挑了几个送给当地结识的朋友。等回到荷兰后，我把剩下的烟袋作为礼物送给了几名大臣，他们很高兴，并且要回赠我上千枚金币。他们太热情了，我费了半天力气才谢绝了这番好意。

博物馆里的特别标本

当锡兰岛的总督派人把两头猛兽的尸体运回来后，狮子的毛皮被工匠做成了精致的烟袋。那么鳄鱼的尸体呢？总督是怎么处理它的呢？其实，我也是后来才知道，工匠把鳄鱼的尸体剥皮后，做成了栩栩如生的鳄鱼标本，最后标本被送到了荷兰阿姆斯特丹的博物馆里，供人参观。

鳄鱼标本是博物馆里最受欢迎的展品之一，每天都有许多游客慕名而来。博物馆的讲解员也总是向游客绘声绘色地讲解捕获鳄鱼时发生的离奇故事。我曾听过一次，确实讲得很精彩。但是有一点让我很不满意，那就是讲解员为了让故事听起来更加引人入胜，喜欢添油加醋，结果反而破坏了故事的真实性。我举个例子：他曾说狮子不小心钻进鳄鱼嘴巴以后，打算爬过鳄鱼整个身体，试图从鳄鱼的肛门逃脱。结果狮子刚把脑袋露出来，那位鼎鼎大名的男爵先生飞快抽出猎刀，用力把狮子的脑袋砍了下来，连带着鳄鱼的尾巴也一块儿被砍掉了。鳄鱼没了尾巴却浑不在意，甚至回头把男爵先生手中的猎刀吞进了肚子。然而那把猎刀正好刺中了愚蠢鳄鱼的心脏，导致对方当场毙命。哦，忘了说明一下，讲解员口中"鼎鼎大名的男爵先生"指的就是我。

各位先生，我实在不想再对这个厚颜无耻的讲解员多加赘述。他自以为精彩的故事情节，完全玷污了我冒险经历的可靠性与真实性。经过他的曲解，那些对我不熟悉的人都会怀疑我，会觉得我的那些经历都是编造出来的。天啊，这简直是对我的最大侮辱！我以自己的男爵与骑士身份保证，我的经历虽然听起来有些夸张，但都是真实发生过的。

第二次航海冒险

距离上次在小酒馆聚会聊天已经过去了一年时间。在这期间，敏豪森男爵依然在世界各地冒险。直到昨天，他才暂时停下匆忙的脚步，回到自己的家乡。今天，敏豪森男爵久违地光顾了这家小酒馆，也就是他经常和大家讲述奇妙冒险经历的老地方。人们看到敏豪森男爵到来，纷纷热情地向他问好。他们七嘴八舌地询问着各种问题，场面乱糟糟的。看来敏豪森男爵在这儿的人气很高。

敏豪森男爵向下压了压手，闹哄哄的酒馆顿时安静下来。他满意地微笑说："各位先生，我感受到了大家的热情。不过我一下子应付不过来这么多疑问。就像有人站在梨树下面，当熟透的梨子一个接一个地掉下来，那个人如果不想手忙脚乱，就只能选择抓住一个。"男爵先生的话非常有哲理，在场的人都静默下来。接下来，酒馆里只剩下敏豪森男爵的声音了：

我的朋友们，我之前出了趟远门，刚从海外的美洲大陆回来。过去一年，我基本都是在那儿旅行。而我的夫人则去了有名的卜罗伊公爵夫人家做客，那是她的姑妈。

一七六六年，我打算到北美洲旅行。于是我去了英国的朴次茅斯港，选择搭乘一艘英国军舰出发。那艘军舰的武装世界一流，一共装有上百门重炮，还有一千四百名训练有素的水兵。说到这儿，我想到一件在英国遇到的趣事。当时，我意外遇见英国国王在豪华宫殿里下榻。当国王坐着镌刻有国徽的华丽马车前往议会大厅时，全副武装的皇家卫队在前方开道，小伙子们雄姿英发、精神振奋，场面极其壮观。给国王驾车的车夫也非同一般，他蓄着大胡子，神色庄严地挥动马鞭，清脆的声音听上去十分悦耳。

与巨鲸相遇

在英国和国王近距离接触只是一段小插曲，我这次旅行的重点还是在美洲大陆。一切准备妥当后，我搭乘上那艘一流的英国军舰，从朴次茅斯港出发，向着美洲扬帆起航。

在航行途中，我被沿途的美丽风光深深吸引。碧海蓝天、波光粼粼，一切都是那么令人着迷。军舰在海面上劈波斩浪朝着目的地笔直前进。很快，军舰来到了距离圣劳伦斯河大约四百千米的海面。可能是好运气已经用光了，坏消息接二连三地出现。一开始，军舰猛地颠簸了一下，像是撞到了什么东西。水手们以为误触了海下的暗礁，可等我们把铅锤扔到水下搜索了许久，却什么都没发现。在搜寻暗礁的时候，船员们给军舰做了一个整体检查，结果发现了不少问题：船上的舵盘没了，可能是刚才撞掉了，拱形斜桅断成两截，船上的桅杆全军覆没，从上到下都变成了碎片，还有两根直接砸在船舷上。当时，有一名倒霉的水手正忙着把主帆收起来，结果船抖了一下，他直接被颠飞到几千米外的海里。幸运的是，他掉到海里之前，抓住了一只飞过的火鹤，然后就像乘降落伞一样缓缓落进海里，这才保住了性命。后来，这名水手趴在火鹤身上，朝军舰的方向游了回来，最后被人救了起来。这还不算什么，撞击发生的时候，我跟其他船员正在船舱里聊天，结果船身剧烈颠簸，我们因为惯性全从座位上弹了起来，狠狠撞到了天花板上。甚至我的脑袋被一下子撞进了肚子里，直到几个月后才恢复过来。

　　正当我们对撞击发生的原因感到疑惑时，不远处的海面浮上来一只庞大的鲸。在座的各位可能有人没去过大海，没见过鲸。该怎么形容呢？当你在大海里忽然看到比自己大几十上百倍的庞然大物时，心里会有一种难以名状的恐惧。看来，这头巨鲸就是导致军舰被撞的罪魁祸首。巨鲸看起来很生气，我猜它应该很不喜欢我们打搅它的休息。只见巨鲸把庞大的尾巴狠狠扫向军舰的瞭望台和甲板，然后还不解气地啃咬着方向舵上的主锚，又拉着军舰游到了几十千米外的海域。对于这种海洋巨兽，我们没有任何办法阻止它。好在主锚的锚链经不住折腾，被巨鲸扯断了，它这才像消气了一样，叼着主锚离开了。事后，军舰上的所有人激动地抱在一起，庆祝自己劫后余生。在摆脱暴力的巨鲸后,我们继续航行,最终抵达美洲大陆。

半年后,我们总算把破败不堪的军舰修好,开始踏上返回欧洲的旅途。结果我们又一次来到半年前遭遇巨鲸的海域。不过,这次巨鲸没有来捣乱。这倒不是它不想,而是它已经死了。我们在海面上发现了巨鲸的尸体。天啊!它是如此庞大,足足有七八百米长,比我们的军舰还要大!于是我们放下小船,划到了它的身边,然后费尽心思才取下它的脑袋,带回船上作为战利品。在巨鲸嘴巴里靠近喉咙左侧的蛀牙缝隙中,我们找回了丢失的主锚与断掉的锚链。当时,它们正死死镶嵌在那儿。

对了,还有一件事!那时巨鲸拉着军舰朝远处游的时候,船上突然破了一个大洞。海水顺着洞疯狂倒灌,眼看军舰就要沉没了。我们吓得脸色都变了,赶紧把船上所有抽水设备用上,勉强推迟了军舰沉没的时间。在剩下的时间里,我想方设法地堵上大洞,可始终不起作用。最后,我不忍心看着大家葬身海底,于是把心一横,像坐在马桶上一样,用自己的屁股堵住了大洞。虽然屁股感觉凉凉的,但我始终坚持坐在那儿,直到木匠把洞口封死。各位先生,你们也许会问我是哪儿来的勇气。实话说吧,我有着纯正的荷兰血统,我起码是威斯特伐伦州人的后裔。

人在美洲

讲完航行路上发生的故事，我们该重点说说在美洲大陆的经历了。我最初的目的地是北美洲，当我搭乘英国军舰平安抵达美洲后，刚上岸就被这里的独特风情深深吸引了。说实话，我真想在新大陆没被人发现的时候就来这里探险。经过持之以恒的开发，美洲当地发展速度非常快。如果是一名从欧洲来旅行的普通人，恐怕很难接受新大陆日新月异的变化。我在那里待了很长一段时间，经历了许多奇妙有趣的事情，这些经历都可以证明美洲大陆高速发展的现实。

在美洲，我看到广阔的平原被开垦成肥沃的田地，数不尽的公路在这片土地上纵横交错，畅行无阻。公路两侧平躺着两根一眼望不到尽头的铁条，听说人们把它称作铁路。是的，铁路和公路一样，也是供交通工具行驶的。我在那儿看到许多奇特的车子在铁路上飞速行驶。它由一节节车厢串联起来，不用马，不用牛，只靠水蒸气的力量就能发动。我查阅了资料，那儿的人早在一六五〇年就开始使用铁路了，等到一七六七年以后，铁路的应用范围更加广泛。听说在不久的将来，铁路在欧洲那边也会流行起来。归根结底，铁路之所以这么受人欢迎，无非就是它的行驶速度比其他交通工具快许多。一般来说，那种蒸汽机车的速度比马车要快上几倍。除此之外，铁路也就没什么了不起的了。蒸汽机车在铁路上行驶时，每隔几千米或者十几千米就建有一个供它休息的地方，也就是车站。每座车站都有名为站长的人负责管理。记得有一回，我在车站等车。当蒸汽列车刚一停靠，我便迫不及待地上了车，走进车厢。结果一个脸蛋红扑扑，甚至连鼻头也通红的人想要我出来。他看起来醉得不轻，又或者只是长得很悲观。对方声称自己是这儿的站长，并且命令我离开这节车厢，去另一节车厢。我怎么会如他的意？所谓的站长见我不同意，于是一直在那儿啰里啰唆，最后竟然想对我动手。我火冒三丈，抬起右手，想让他知道什么叫正宗的德意志式耳光。这时，列车的汽笛响起，飞快驶出站台，我都没来得及反应。当右手由于惯性向下挥去的时候，列车已经抵达了下一个车站。于是，尴尬的事发生了。我的这记耳光狠狠地扇在了这个车站的站长脸上。天啊，我怎么能这么做？这位先生可是无辜的，他只是刚好站在那个位置而已。

　　我连忙向这位站长道歉。尽管向别人道歉是一件很没面子的事，但作为犯错的一方，我不得不这么做。好在新车站的站长有教养、懂礼貌，是一位正儿八经的绅士，他最终原谅了我。

　　除了了不起的铁路，新大陆的人、动物、气象，甚至连元素都和欧洲这边有差别。我举个例子，美洲狂暴的飓风远超欧洲人对自然灾害的想象。

　　在北美密歇根湖的芝加哥河岸，现在那里叫伊利诺伊州，我去拜访了年轻时结交的一位朋友。他不是当地人，是二十年前才从原来的国家搬走，又兜兜转转在北美建了一座大农场。我以为这么多年过去，我的好朋友已经富甲一方，但他现在的生活很糟糕。我在他家的时候，正赶上一场吓人的飓风。强劲的风暴把房屋轻而易举地吹倒，连沉重粗壮的横梁都被掀飞到天上。农场里干活的六十名黑人与接近四十名印第安人，全都跟房子一起被风暴带上了天。我还瞧见两口深埋在地下、由石头垒砌的水井直接被风暴拔了起来。我还是第一次见识到美洲的飓风，破坏力实在太恐怖了。狂暴的大风把我们裹挟着朝西方吹了十几千米，最后安然无恙地落在一片沙漠上。我爬起来环顾四周，发现沙地上到处散落着木屋的零件。于是，我们跟那些吓呆了的黑人与印第安人一起把木屋重新拼建好。不到一周，我们的新农场就建好了。

朋友们，还记得那两口同样被吹上天的石井吗？它们也毫发无损地落在了这片沙漠里，并且笔直地插进地下，一动不动。我们被眼前的奇迹惊呆了，没想到美洲的飓风还能做到这种事！相当于强制性帮我们搬了个家。

忽然，我的心底涌上一种难以抑制的冲动，不由自主地向石井走去。我忍不住先后打开两口水井的水泵。下一秒，两口水井的井眼里咕嘟咕嘟地涌出许多漆黑、黏稠的液体。我被吓了一跳，那位朋友也惊呼一声，追问道："敏豪森，这是怎么回事？这些液体从哪儿来的？难道我们的石井一直插进地下水层了吗？"

我也有些迷茫，于是走到朋友的身边，一起琢磨那些液体到底是什么。后来，我们反应过来，从石井里涌出的液体压根跟水不沾边，那些都是珍贵的石油！据我所知，人们很早以前就已经用这种液体做试验，拿它来点灯。这是因为石油具有很强的可燃性。当它在燃烧以后，可以发出非常明显的亮光，如果用石油来照明，效率远远超过其他任何品质的油类。但在我们发现石油以前，没人知道这种液体其实来自地下深处。

大半年以后，身在纽约的我收到了朋友的来信。他在信中兴奋地说，自己已经放弃了经营农场，现在靠买卖石油挣钱。如今他的生意越来越红火，迫使他不得不没日没夜地守在油井旁劳作。好在付出就会有回报，这位朋友

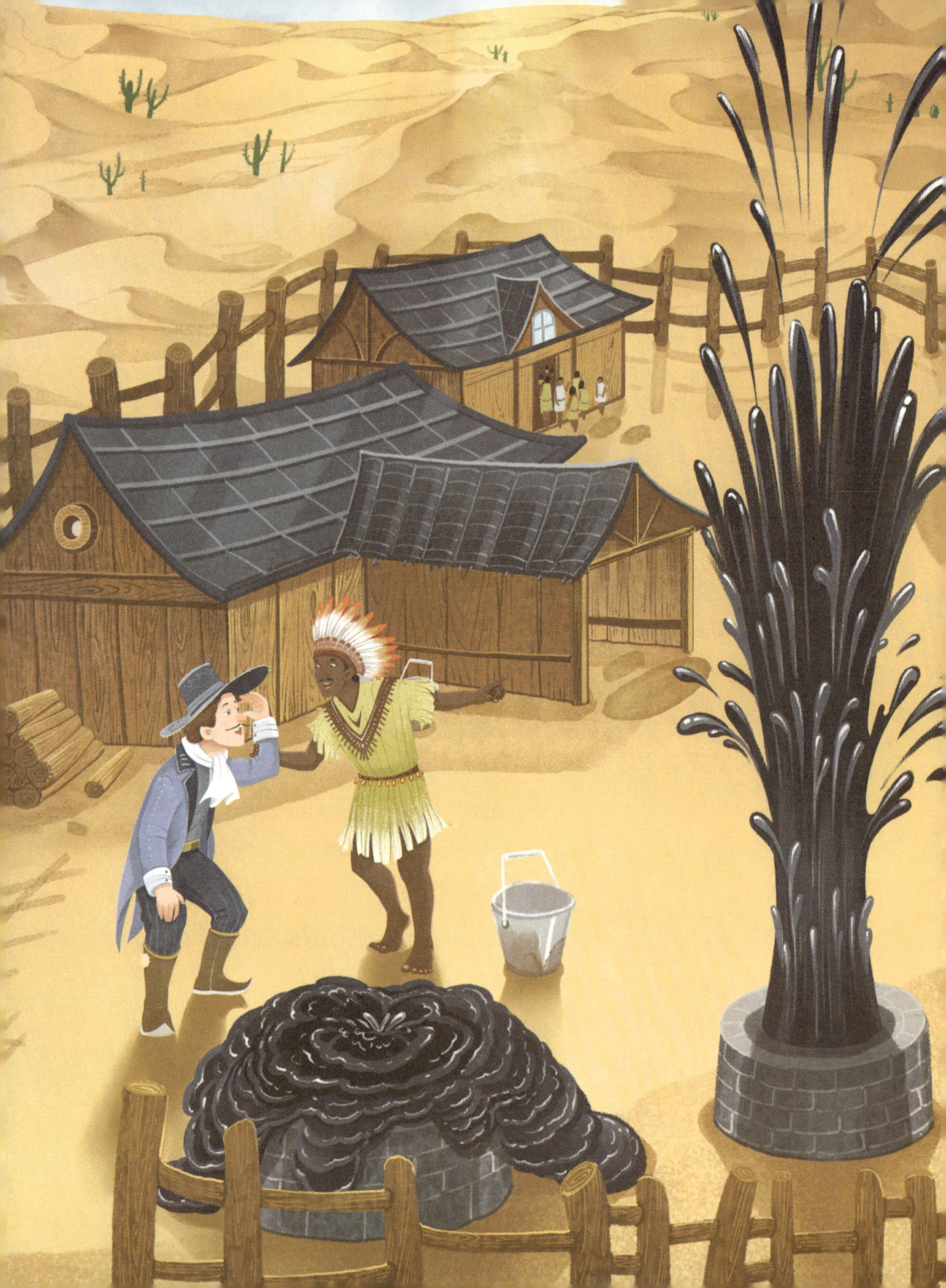

再过一段时间，就会变成百万富翁。

我折上信，一边在心底为老朋友感到高兴，一边联想到过去听说的某句古老谚语："任何不给别人带来实惠的风，都是一股可恶的歪风邪风！"

特别的高空早餐

当敏豪森男爵兴致勃勃地讲完老朋友发家致富的故事后，时间已经很晚了，他不得不和恋恋不舍的人们告辞，先回去休息。敏豪森男爵和人们约定，明天在小酒馆的聚会，他一定会来。

时间转眼来到了第二天，小酒馆里宾朋满座，热火朝天。人们一边喝酒聊天，一边不时把目光投向大门，期待敏豪森男爵的到来。很快，小酒馆的大门被拉开，气度非凡的敏豪森男爵如约而至，一如既往地和大家热情地打招呼。等到在座位上坐稳后，他迎着众人期待的目光，继续讲起自己在美洲的各种奇遇。

我在美洲旅行了很久，遇到了许多滑稽有趣的人和事。有一回，我旅行到了费城。因为觉得肚子有些饿，所以我向别人打听了当地好吃的菜馆，准备在那儿大快朵颐。进入菜馆以后，我注意到有两位先生正在玩纸牌。他们分别是科尔温先生和斯丹霍普先生。前面提到过，我对各种新潮的娱乐方式很感兴趣，在俄国时也经常玩各种纸牌。我隔着老远瞄了一眼，就看出他们在玩法国纸牌。从他们的交谈里可以得知，两人正在用一顿特殊的早餐做赌注，一决胜负。最后，斯丹霍普先生很不走运，输掉了牌局。

当晚，我在约克伊俱乐部再次遇见斯丹霍普先生。当时，他正在与朋友聊得热火朝天，宣称自己愿赌服输，已经把明天的早餐安排好，地点就在距离地面两千米的高空。说完，斯丹霍普先生注意到我这个在白天菜馆里露过面的"熟人"，于是也邀请我明早一块儿参加。我一方面架不住斯丹霍普先生的热情邀约，另一方面也对在高空吃早餐很感兴趣，于是欣然答应赴约。

第二天清晨，我先去把科尔温先生接了过来，然后跟他一起出发，按照斯丹霍普先生提供的位置，到达了约定好的会合地点。我们远远就看到了斯丹霍普先生，他正待在一个巨大的氢气球旁边。一名厨师打扮的女人向我们点点头，带着一个小型的烹煮器，跟着斯丹霍普先生一块儿登上吊篮，我跟科尔温先生紧随其后。等所有人登上吊篮以后，女厨师把随身携带的烹煮器交给了斯丹霍普先生。随后，我们三个与负责驾驶氢气球的航空员一同坐下来。斯丹霍普先生指了指烹煮器，示意女厨师把这东西安装好。女厨师很听话，刚想按照雇主说的那样，把烹煮器安装好，捆绑氢气球的缆绳就被解开了。硕大的氢气球扶摇直上，朝着高空快速飞升。女厨师没有丝毫防备，被吓了一跳，忍不住惊叫起来。这时，斯丹霍普先生有些不近人情的声音响了起来："现在请给我们做四块煎牛排，质量和口味都要上等的。不过，千万得注意一件事，绝对不能迸溅出火星，那样会让氢气球爆炸的。"

听到斯丹霍普先生冷漠的话语，女厨师吓得脸色惨白，但又不敢违逆雇主的意志，胆战心惊地煎着牛排。最后，四块美味的牛排被分发到我们面前。我们津津有味地品尝着精致的早餐，又把带来的香槟酒打开饮用，味道的确不错。

等到氢气球重新落回地面，我们的高空早餐之旅结束了。斯丹霍普先生说："在今天之前，你们尝试过在两千米的高空吃早餐吗？你们每个人有为了一顿早餐豪掷千金的经历吗？说实话，这顿饭花了我三百英镑。而且我为了补偿受惊的女厨师，还额外掏了两百英镑给她。这下你觉得满意了吗？尊敬的科尔温先生？"说完，他与我们一起哈哈大笑。

哦，时间不早了，今天就先讲到这儿。各位先生，晚安！

第三次航海冒险：地中海探险

先生们，你们应该知道著名的地中海吧？它的面积非常辽阔，是夹在亚洲、欧洲与非洲之间的海域。在我的记忆里，多年以前，我曾经在法国旅游休假，结果遇到了一场不幸的灾难，差点死在鱼肚子里。

我依稀记得，那是一个夏日的午后，身处法国马赛的我感觉天气炎热，于是就慕名来到当地的海滨游泳解暑。结果，在我毫无防备的情况下，一条足有小船般大小的鱼张开狰狞的嘴巴，露出尖利的牙齿，一副想要把我生吞活剥的模样，朝着我游了过来。我虽然水性不错，也会游泳，但哪儿有大鱼游得快啊？我很快反应过来，在这种情况下，想靠游泳跟大鱼周旋或者逃跑，都是非常不现实的。唯一的办法就是置之死地而后生！想到这儿，我立刻把两条胳膊紧贴身体，用力往上提起双腿，把整个身体使劲团成一个"肉球"。不一会儿，我就成功躲过大鱼的牙齿，顺着水流滚进了它的腹部。鱼肚子里很黑，不过要比想象中暖和。现在想想，我应该是唯一一个钻进鱼肚子里以后，还能活着出来发表感想的人吧。

我在鱼肚子里伸展了一会儿紧绷的四肢与躯干，然后开始盘算怎么才能从鱼肚子里逃走。我可不想真的成为鱼食。我挠了挠发痒的脸颊，在心里嘀咕，假如我在大鱼的肚子里大闹一通，它感觉到不舒服，或许就会把嘴张开，欢送我离开了。说干就干，我立刻在大鱼的肚子里折腾起来：因为这里面还挺宽敞的，于是我先在鱼肚子里不停地往返跑，又翻起了跟头，还蹦蹦跳跳地跳起了苏格兰踢踏舞。不仅如此，我还在鱼肚子里大声嚷叫着，想要吵得大鱼睡不着觉。事实上，大鱼已经疼得在海里面转圈了。后来，它实在忍受不了剧烈的疼痛，直接从海面下往上蹿，大半个身子都探出了水面，整个身体绷得直挺挺，一副疼痛难忍的模样。

过了一阵，一艘来自意大利的商船途经这片海域。船上的人们意外发现那条正在折腾的大鱼。他们不知道大鱼怎么了，对它很好奇。于是，等大鱼筋疲力尽后，水手们立刻用标枪射中对方，将它拖上了船。

船员们站在甲板上，兴奋地议论如何处置战利品，我在鱼肚子里听得清清楚楚。当他们商量着打算拿刀剁碎大鱼，从而收获高质量的油脂时，我非常担心他们的刀也会把我切开。我盘算他们待会儿要是先从鱼翅部分下刀，那么我就得待在大鱼胃部的中央，这里很宽敞，刀很难伤到我。好在我的担心是多余的。船员们并没有先动鱼翅，而是拿刀插进大鱼的腹部。很快，我敏锐地发现鱼肚子下方露出一道光亮，看来他们已经动手了。我大喜过望，连忙扯着嗓子在鱼肚子里大喊："救命啊！救命！"

在场所有人都被我撕心裂肺的求救声吓了一跳，几乎不敢动刀了。好在最后船员们还是壮着胆子，循着声音小心翼翼地把鱼肚子剖开。就这样，我努力挣扎着从鱼肚子里爬了出来。其实刚刚很危险。因为我在鱼肚子里待的时间有些久，环境很封闭，再加上又跑又跳消耗了不少空气，我当时已经处于缺氧的状态。因此，重见天日以后，我大口呼吸着新鲜空气。

在场的意大利人看到我从鱼肚子里爬出来，全都愣住了。没错，先生们，他们的表情跟你们现在很像。然后我把自己的遭遇如实向他们讲了一遍，船员们都觉得很不可思议。之后，在船员的帮助下，我吃了一些食物，简单休息后，就又跳到海里，把全身上下的油脂、污垢洗干净，然后朝着我出事的方向游了回去。

游回海岸后，我找回自己的衣物，擦干身体，迅速把衣服穿好离开。事后，我估算了一下，自己至少在大鱼的肚子里待了三个半小时。

有勇有谋的领袖

逃出生天一个月后，我接受了土耳其苏丹的命令，组建了一支巡游各国的队伍，以求与其他国家建立平等友好的外交关系。我上任后简单考察了所有队员的情况，随后从中挑选出年轻、聪明的队员，命令他们打扮成人畜无害的女人，但在身上藏着致命武器，并且要走在最前方，替身后的其他队员开路。一开始，人们都不理解我的做法，但我并不在意。

我们在向苏丹辞行后，赶了一天的路，来到波斯国王治下的巴库境内。

按照计划，我们接下来需要沿着海岸继续向前。但这片地区是盗匪出没的重灾区，我们必须保持警惕，万事小心。我们小心翼翼地回避着盗匪的活动范围。因为长时间紧绷精神，队伍的氛围被搞得紧张兮兮的，队员们也显得十分疲惫。经验丰富的我认为这样下去不行。于是，在一个晴朗的午后，我领着队员们来到一处幽静的山谷暂时休憩。

队员们表现得非常散漫，我对此非常不满。于是，我把全体队员叫过来集合，用洪亮的声音警告他们，这儿的地形不适合宿营过夜，我要尽快寻找一处比这儿更安全的地方宿营。接下来，我会给他们一个小时，用来放松身体，思考我的话正确与否。等一小时结束，我会再回来问他们，是否愿意听从我的话，换一个地方宿营。如果有人愿意跟我离开，那就可喜可贺；如果有人不愿意离开，我也不会勉强对方，只当他退出了队伍，一切后果自负。

我把选择权交到了队员们的手中，然后领着两名忠诚的手下爬上山，选中了一处突出的岩峰。这里易守难攻，是最合适的宿营地。

一小时后，我们从山上回到山谷，发现其他人已经搭好帐篷，正生火煮饭呢！看来这群没有主见的家伙已经做出了选择。我的脸上带着冷笑，又把之前的话重新讲了一遍，然后领着愿意追随我的手下离开了。人数有四十多个，全都穿着女装，正是我一开始挑选出的那些聪明人。

我站在山上向下俯瞰，可以清楚看到那群正在狂欢的家伙。我不屑一笑，不愿再管他们。此时的我不会知道，再过一段时间，我们将会亲眼见证山下那群家伙的灭亡。

夜深人静，原本在营地熟睡的我们，忽然被山下传来的战斗声惊醒。我们匆匆挤到岩峰边缘向下望去，只见一群凶狠的盗匪正在挥舞屠刀，大杀特杀。没过多久，这群背叛者就死伤惨重，活下来的人都沦为俘虏。

那时的我很想奋不顾身去救他们。但望着山下数不清的盗匪，我冲动的头脑迅速冷静下来。就凭我们这几十人，还不够盗匪们塞牙缝的呢！最后，我们决定等天蒙蒙亮时再赶路。我安排好战术，依然由队员假扮成女人，揣着武器走在前头，我则一马当先，走在最前方。当我们靠近战场时，有三个盗匪迎面走了过来。他们身后牵着串联在一起的几十匹骏马。三个盗匪看到我们以后，抛下骏马冲过来，想拿我们找乐子。不过，他们失算了。我们可都是伪装成女人的男子汉。

我提醒手下们，不许开枪，不要说话，以免惊动盗匪的同伙。三个盗匪笑嘻嘻地想把人拉进怀里，结果伪装的"妇女"们趁机掏出匕首，狠狠刺向他们的心脏，一击毙命，三个盗匪无声无息地死去了。我们顺势夺走了马群，各自骑着马逃离了这处险境。而那群盗匪依旧在搜罗着昨晚的战果。

我们骑着马来到一条大河旁边，想让运动量过大的马儿喘口气。我们看着彼此狼狈的样子，忍不住笑出声。然后把身上的女装脱掉扔到河里，继续赶路了。

热情的波斯国王

在一同从盗匪劫杀的险境中逃脱后，剩下的队员们对我的话言听计从。这也算是一件好事，起码我不需要与其他人再钩心斗角，争夺话语权了。我们骑马从河边离开后没多久，就与一队波斯士兵打了个照面。对方把我们拦下来，询问一行人的身份和目的。这其实很正常，属于他们的本职工作。当我刚报出自己的姓名和地位，以及想要拜访波斯国王的目的时，面前的波斯士兵们忽然解开包裹头顶的布，用波斯话大喊："欢迎敏豪森男爵！敏豪森男爵万岁！"

两天后，在波斯士兵的护送下，我们顺利抵达了波斯国王直辖的城市——德黑兰。不过我们来的时间不巧，波斯国王已经领着大臣们巡视南方城市设拉子去了，要过段时间才能回来。我不想待在德黑兰浪费时间，于是决定前往设拉子。也许是我名气大的关系，在前往设拉子的路上，不管我们走到哪儿，到处都是夹道欢迎的民众，而且随时都有人加入我们的队伍。等到八天后，我们抵达设拉子时，整支队伍已经壮大到近十万人的规模。

这段时间，波斯国王每天都会收到各地官员送来的报告，时刻关注我们的行踪。当得知我们来到设拉子后，他率领所有官员来迎接。波斯国王和我看到彼此后，不约而同地下马。波斯国王热情地抱住了我，为这次久别重逢感到兴奋。之后，他颁发给我两枚勋章，一枚是波斯太阳勋章，另一枚是专门为我特制的纯金胸章，上面还刻着夜莺女郎的肖像。除了这些，他还允许我用平等的称呼"你"来称呼他。我对前两个赏赐欣然接受，并表示了由衷的感谢。而关于称呼的问题，我跟他做了约定，只有私底下的场合，我才会用"你"来称呼他，平时我仍然尊称他为"陛下"或者"国王陛下"。

第四次航海冒险：枪打气球

记得当年我还在土耳其服役的时候，一有空就会去马尔马拉海的海滨俱乐部打发时间，通宵狂欢也是常有的事。

可惜，俱乐部的名字我已经忘了，要不然还真想抽空再故地重游一下。我在那儿第一次有幸见到了帝国首都君士坦丁堡的全貌，还看到了苏丹的皇宫。那美丽的景色至今让我印象深刻。

有天早上，我正仰着头远眺天边的霞光，忽然发现在远方的天际似乎有一个和台球差不多大的圆形物体飘飘荡荡，若隐若现。我揉了揉眼睛，凝神望去，发现自己没有看错。而且在那个圆形物体下面，好像还挂着东西。我担心是敌人的试验武器，于是立刻拿起身边的鸟枪，快速填装子弹，瞄准圆形物体，接二连三地开枪。不过，因为距离太远，我一枪也没打中。最后，我往枪膛里重新装填了四五发子弹，然后一口气全射出去，成功给那个物体开了一个洞。它像是破了的气球，飞速落到地面。

我兴致勃勃地上前一看，才发现那个圆形物体竟然真是气球，而且十分巨大。它长长的绳子上面挂着一辆精致小巧的镀金马车。马车里还坐着一个奇怪的男人和半只烤羊。这时，海滩上听到我开枪的人们也纷纷凑了过来，他们围着气球、马车与陌生人指指点点，议论纷纷。

我扛着枪，上下打量着从天而降的陌生人。他的模样看上去很像法国人。事实上，对方也的确是一名法国人。他西装革履，气度非凡，身上衣服

的所有口袋都挂着表链。这些表链带着小饰物，上面画着许多名人的头像，看起来十分豪华。他衣服上的纽扣眼里镶着价值不菲的金牌，手指上戴着昂贵的宝石戒指，口袋里塞着鼓鼓囊囊的钱包，一看就是一名有钱人。这些沉重的东西加快了他从空中掉落的速度。此时，这名法国人一脸惊魂未定，茫然地观察着四周。很快，他反应过来自己是被鸟枪击落的。对此，他感到非常不高兴，面对我的问话始终头不抬，眼不睁，一副拒绝合作的模样。我有些为难，这人看上去很有权势的样子，我不太想得罪他。好在他沉默了一段时间以后，怒气消解了不少，这才对我们讲起了出现在这儿的原因："我是一名航空发烧友，热衷于研究各种航空器。虽然我的水平很业余，至今也没成功发明出真正的航空器，但研究出了这辆特别的空中马车，实现了飞天梦。我经常利用空中马车进行空中跳跃、走钢丝等表演。差不多一个星期前吧，具体时间我记不清了，我把航空日志弄丢了。当时，我带着山羊从英国康沃尔地区坐车起飞，本来是想跟过去一样，在空中进行动物表演，吸引成千上万爱凑热闹的观众，从而谋求财富。结果不知道

从哪儿吹来一股强烈的气流,我的马车被迫飘到了大海的上方。这里前不着村,后不着店,距离我原来想降落的埃克塞特地区也不知道有多远。我害怕极了,又没办法停止,只能无奈地继续随风飘荡。我无比庆幸自己带上了山羊,无聊时可以解闷,饥饿时还能用来填饱肚子。事实上,我在空中流浪的第三天就把羊杀了。之后,我又飘了十六个小时,距离太阳很近。利用太阳的高温,我成功把剥了皮的死羊烤熟。如你所见,我靠着它才活到现在。"说完,对方还朝四周张望了一番,似乎是在判断自己身在何方。

"前面是君士坦丁堡。"我告诉他。对方大吃一惊,看来他还以为自己在别的地方。他想了想说:"这次飞的时间太久,导致气球上有根线断了。它是连接控制气球氢气阀门的线。这次要不是你们及时开枪打破气球,恐怕我还会继续在天上流浪呢!"事后,慷慨的法国人把空中马车赠予了船上的水手长,然后把剩下的烤羊扔进海里。至于破损的气球,已经完全变成了碎片,没有修复的可能了。

荒岛求生记

海上的气候千变万化,可能上一秒艳阳高照,下一秒就会乌云密布。如果不是在海上航行多年的老水手,很难摸清大海的脾气。记得有一回,我搭乘一艘海船在太平洋上旅行,结果突然遭遇了一场激烈的暴风雨,那艘船经受不住狂风骤雨的摧残,在海洋里失事,船上的人相继落水淹死,还好我的游泳技术不错,侥幸活了下来。可茫茫大海,无边无际,我该朝哪里去呢?不是我自夸,也就是我心理素质高,如果换成其他人,恐怕早就彻底绝望了。我一边抱着残破的船板浮在海面,一边纵目远眺,总算看到大约十千米外有座大冰山。我拼命地游向冰山,用快要冻僵的四肢爬到山顶,发现山的背后有人在活动。我非常惊喜,仔细观察,看到是一个欧洲人和五个原住民坐在兽皮小艇上抓海牛。

"喂!"我一边放声大喊,想吸引那几个人的注意,一边从冰山上狼狈地滑下来,结果滑得太猛,一下子掉到了小艇旁边的海水里。他们见状连忙把我救上船。那名唯一的欧洲人来自荷兰,在这样人生地不熟的情况下,能看到一个欧洲人,我的心里顿时有了安全感。我问对方怎么在这儿,他实话实说:"我乘船在太平洋航行,结果船在某座未知的小岛触礁沉没。其他人都死了,只有我活着。"我听完点点头,心里对地理位置有了判断。看来,我现在应该在南太平洋。

小艇载着我们朝那座未知的无名小岛航行。途中,荷兰人向我介绍:"岛上生活着许多原住民,他们把小岛称为泰哈特利比阿梯。这座岛被一位有着怪癖的侯爵管理着,把外国人烤熟再吃掉是他的最爱。听说侯爵烧烤外国人之前,会用各种热带水果与坚果喂饱对方。一般这样的日子会持续几个月。"荷兰人还告诉我,别看他现在这么胖,都是这几个月被原住民用水果喂出来的。眼看自己就快要被烤了吃掉,天上忽然下起了肉饼雨,他机灵地吃掉了一些,因而变瘦了,让侯爵功亏一篑。他的做法惹恼了侯爵,下令在接下来的一个月继续用水果把他喂胖。等到一个月后,再把他烤了吃掉。

我对约翰的话半信半疑。哦,对了,那个荷兰人叫约翰·冯·倍赛尔。"我可是有名的冒险家敏豪森男爵,天南海北我走的地方多了,可真没见过哪里下过肉饼雨。"

约翰老实巴交地说:"我说的全是实话。小岛上夏天经常会出现这种怪雨。这里的山上长着很多奇特的树,结出的小果子不管看起来还是吃起来,都和肉馅饼差不多。这些果子没熟透的时候,会被大风吹得散落到整座岛上。"

又过了一段时间,小艇已经靠在海岛岸边。那位可怕的侯爵早就在那儿等着了。约翰向对方热情地介绍了我的身份与事迹。侯爵点点头,然后不动声色地对身旁的手下说:"这个人不错,很有前途,可以马上喂胖。"

登岛以后,发生了一件奇怪的事。这里的人与世隔绝,消息闭塞,看到我一点儿反应也没有。但岛上的植物似乎对我很熟悉,当我走近侯爵那简陋的"宫殿"时,周围的树木齐刷刷地冲我弯下了腰,好像在问候我一样。

一旁的侯爵看得心生敬意,连忙小声嘱咐手下:"先别急着喂胖敏豪森了。"约翰听到以后,把这句话翻译给我听,我长舒一口气,压在我心上的石头这次落了下来。那块石头现在就在我的收藏室里,等以后有机会拿给你们看看。它表面有白、红、蓝三种颜色的条纹,像荷兰国旗。这块石头经过打磨,差不多还有 15 千克重。把它从岛上带回来可不是一件容易的事,如果不是它的外形太特别,我可不会把它带走。

救命的葫芦

海难后,我被迫留在了这座岛上。这并不是我的本意。

毕竟我既不想天天吃什么热带水果,被喂得白白胖胖,也不想将来变成烧烤,被端上那个侯爵的餐桌。我准备联合同样要被当成烤肉的荷兰人约翰,设计逃离这个糟糕的地方。幸运的是,在当天晚上我们就遇到了合适的机会。

我悄悄找到约翰,和他一起商量逃跑的计划。一开始,约翰欣喜若狂。他还以为自己只有一个月的生命了呢!不过隔了没一会儿,他像是想到了什么,又变得垂头丧气,无精打采起来。他跟我嘟囔起自己的疑虑:"这座小岛过去从来没人发现过,没有任何一张海图记载过它的位置,而且我们丝毫不清楚它在大海的什么位置。既然难度这么大，我们该怎么回到欧洲呢？"

我深切明白约翰的顾虑，但我们现在最应该做的就是先离开这儿，否则连命都保不住。于是，我安慰约翰说："这里是南太平洋，我们只要不往南走，剩下的方向对我们来说，哪个都一样，只要我们活着回到有人类文明在的地方，他们就会为我们指出一条明路！"

我的话激励了约翰，他重新鼓起勇气，开始认真和我谋划起来。在我们的计划里，想要逃离这座海岛，拥有一艘属于自己的小船很有必要。我询问约翰是否清楚岛上各种树木的生长特征，它们的果子都长什么样。我想以此判断这儿有没有适合造船的树木。

约翰的脸上露出为难的神色，说："这个……我对植物不太了解，不知道它们适不适合造船。不过，你要是问我果子的样子，我倒是还真留心了。这儿树上结的果子外表和葫芦很像。如果换个更贴切的词形容它们，应该就是空气泡，像小气球。我听岛上的原住民谈起过，他们总会在树上的果子没有完全成熟时就把它们摘下来，要不然热烈的阳光照在果子上，会让果子里面的空气快速膨胀，像一个个气球鼓起来。想象一下吧，当一棵树上长满了气球一样的果子，会发生什么事呢？毫无疑问，大树会被它们连根拔起，飞到高空顺风飘走。"

我把约翰的话快速在脑子里过了一遍，很快闪现出灵感。我高兴地跳起来和约翰抱在一起，压低声音兴奋地说："约翰，我想到办法了！现在告诉我，他们什么时候摘果子？"

约翰被我激动的反应弄得一愣，但还是回忆了一下，说："我记得应该也就是这几天了。"

我的心情更加明朗："比我想象的要早。快，约翰，快告诉我，他们把果子摘下来以后，会怎么处理它们？"

约翰挠了挠鼓起来的肚皮："我听岛上的人说，他们会把几个果子捆在一起，然后把它们放在阳光下曝晒。在这样的环境里，这些果子会继续'发育'，一点一点变得成熟，变得越来越轻，最后直接飘到空中飞走。据说到了这天，岛上的人都会来参加这个活动，现场非常热闹，像过节一样。他们管这个活动叫'葫芦飞'！"

听到约翰的话，我对心里的计划更多了几分笃定。我开始瞒着岛上的原住民，悄悄做起研究和试验。在我的叮嘱下，约翰特意去弄来一些粮食，等到我们两个人把粮食平分并藏好以后，就开始等待"葫芦飞"那天的到来。

几天后，正如约翰所说，岛上的原住民开始爬上树，把那些没熟透的果子摘下来，然后以十二个为一组，把它们集体放到空地上，接受阳光的曝晒。我趁着没人注意，悄悄拿了八组或者十组气泡果，把它们跟腰带紧紧绑在一起。约翰一直在关注我，当他发现我的动作后，对我的计划心领神会，也这样照做。随着时间的推移，我能明显感觉果子里的空气正在受到阳光的影响，逐渐变热膨胀。没一会儿，我和约翰都被变大的果子带着飘到了天上。忽然，一阵强烈的西风凭空出现，我们被吹得睁不开眼睛，不知不觉间飘到了远处的海面上。我们终于活着逃离了那座海岛！不过，西风也把我们吹散了。

我在空中环顾四周，很快发现了约翰在远处的身影。他果子里的空气似乎不太够，我眼睁睁看着他越飞越低，最后整个人掉到了海里。好在有一艘路过的海船发现了他，约翰得救了。后来我听说约翰的运气不错，平安回到了在荷兰的家。如今他正在某家自然博物馆做管理员，谁都可以向他请教。或许以后你们谁有空闲，可以去他那儿求证这段奇妙历险的真实性。博物馆的具体位置我记不清了，不是阿姆斯特丹，就是莱顿。

　　再说回我自己。别忘了，我那时还在空中飘着呢！看到约翰的获救，我拿不准主意，到底是不是应该放弃几组果子，让自己落在海里等待救援，又或者去追赶那艘乘风破浪的海船。可我要是真的掉到海里，还能追上海船吗？如果追不上，自己又该怎么办呢？时间一分一秒过去，海船渐行渐远，留给我犹豫的时间不多了。

　　正当我打算赌一把的时候，一阵强烈的热带气旋忽然出现，有人也管它叫台风或者飓风。我被狂暴的大风裹挟，被迫在高空兜了三天三夜的圈子。不过值得庆幸的是，我身上带着从约翰那儿分来的粮食，并且还揣着那块儿从我心上落下来的石头，帮我增加了一定重量。但我依然被暴风搞得头晕目眩，最后一头栽进海里。冰冷的海水让我昏沉的大脑清醒过来。我奋力追赶一艘土耳其三桅军舰，当时它距离我三十多千米。我把生平的游泳技术发挥到极致，想要追上对方。因为我相信等自己登上那艘军舰，一定会摆脱所有灾难。

狂猛的海上风暴

当天深夜，获救的我用一把刀将像是固体一样的水兵饮料切开，一边用汤匙舀着吃，一边给水兵们讲述自己前段时间的神奇经历，就是那个没人发现的小岛及热带气旋的故事。尽管我已经把这段经历讲述得足够简洁明了，没有一点儿夸张，但在场的听众仍然露出了怀疑的表情。我是一个能觉察氛围的人，在清楚水兵们对我的话并不相信以后，我点到为止，草草结束了自己的讲述。一旁的船长轻佻地对手下小声说："我在海上航行这么久，从未见过那么大的风暴。"哼，不信就不信吧，我又何必跟他们一般见识呢。

我下意识地抬头望着天，发现天朗气清，月明星稀，微风吹拂，一派祥和。别怪我太敏感，实在是这几天被气旋折腾怕了。吃饱喝足以后，我回到船舱准备休息。可刚要睡着，军舰就像喝醉的壮汉一样，剧烈摇摆了起来。我马上坐起来，心底涌上不好的预感。我踉踉跄跄地走出船舱，发现外面竟然刮起了可怕的狂风，一会儿往西吹，一会儿往东吹，来回蹂躏着军舰。此时，天刚蒙蒙亮，北方突然又袭来一阵狂暴的飓风，饱受摧残的主桅终于经受不住，猛地倒下，把罗盘室砸得稀巴烂。我们全都傻了眼。罗盘可是在茫茫大海中为人们指引航向的重要工具，没了它我们该怎么办呢？可我们并不知道，真正的灾难才刚刚开始。

这场不同寻常的风暴持续了整整一个月。在这一个月里，天空被浓厚的乌云挡得严严实实，我们看不到太阳，看不到月亮，更看不到星星，每天躲在船上过着暗无天日的生活。我们没办法分辨风暴的强度，只能从桅杆的折断声来估算。没有了罗盘，我们在黑暗中找不到正确的航向，只能随波逐流。这艘半残的军舰在风暴巨涛中上下颠簸，时而从浪谷冲上浪尖，又时而跌下浪尖，摔入浪谷。军舰虽然没了桅杆与风帆，但好在搭乘了几百人和七十门重炮，重量不容小觑。残破的它一直默默坚持，这才没有被风浪打翻，酿成惨剧。隔了一段时间，风暴渐渐平息，但大海的愤怒还没有宣泄完。在接下来的几个星期里，汹涌的波涛与翻腾的巨浪仍然是这片海域的主旋律。不知不觉间，我们乘坐的破船被推向了未知的方向。

我们缩在船舱里，内心忐忑不安。过去这么久，船上的粮食快要吃光了。如果我们再不靠岸，恐怕就会有人饿死。当我们把最后的粮食瓜分干净后，一直阴沉沉的天空终于放晴了。温暖的风轻柔地拂过我们的脸颊，空气中飘来阵阵诱人的香气。饥饿的我们用力闻了闻，长时间紧绷的精神放松下来。这股香气闻起来特别熟悉，有些像橘子味，但我一时间想不起来。忽然，我的脑子里闪过一个答案，自言自语道："这是烤牛排和哈瓦那雪茄？"话音刚落，所有人豁然开朗，纷纷赞同我的猜想。

之后的一个星期里，吃光粮食的我们忍饥挨饿，全靠闻着这股香味活着。海浪推着军舰朝着一个方向前进，几天后，我们终于见到了陆地。所有人欣喜若狂，又唱又跳。等我们靠岸后，才知道自己竟然来到了古巴岛的哈瓦那！原来，雪茄和烤牛排的味道是从这儿飘来的！

次日一早，我叼着昂贵的哈瓦那雪茄，精神焕发地走向当地种植烟草的农民，给他们讲起我的冒险传奇，尤其是最近这段苦难经历。忽然，听众们哈哈大笑，有的莫名其妙翻起了跟头，有的原地倒立，有的使劲扯着头发惊呼：“您的故事真让人感到害怕！”看到他们的表现，我诉说的欲望一下子没了，当晚就坐船赶回了故乡。

各位先生，今晚的故事结束了，我很高兴你们愿意听我讲述过去的经历，我在这儿向各位表示诚挚谢意，并祝大家做个好梦，晚安！

第五次航海冒险：成为公使出使大开罗

正如敏豪森男爵说的那样，他的口才很好，很有讲故事的天赋。他在小酒馆里为大家绘声绘色地讲述神奇的冒险经历，吸引所有人聚精会神地听着。时间不知不觉地流逝，眼看天已经黑了，在场的观众仍然不知疲倦，全神贯注地听着敏豪森男爵的故事。不过，敏豪森男爵的年纪可不轻了，或许他年轻时精力充沛，可以不在乎白天黑夜，但现在的他已经感到有些疲惫。敏豪森男爵准备结束今晚的聚会，回家休息一晚。可当他跟大家诉说晚安以后，又看到大家恋恋不舍、意犹未尽的表情，于是准备再讲一段奇妙的故事作为今晚的收尾。

因为今晚说了太多的话，敏豪森男爵感觉口干舌燥，他向小酒馆的服务生要了一瓶清凉的饮料，打算润润嗓子。随后，敏豪森男爵继续面向观众，对大家侃侃而谈：

各位先生，我的朋友们！原谅我需要喝一瓶清凉的饮料，来滋润快要冒烟的嗓子。在这段时间里，让我再和你们讲一个我经历过的冒险故事吧。我记得事情发生在我最后一次回到欧洲以前，具体的时间我已经记不清了，只有一个大概的印象，好像是在那几个月以前吧。

因为我喜欢在世界各地冒险，其间有过许多神奇的经历。后来我的名气越来越大，在全球范围内都享有很高的声誉，因此，我结识了许多名人和权贵。有一次，在罗马、俄国的使节，以及法国大使的引荐下，我与一位了不起的国君相识。我们相谈甚欢，他对我非常欣赏，甚至让我担当国家的公使，并交给我两个任务：到大开罗去做一笔生意，以及处理一些机密的事务。

招聘五名人才

我很爽快地接受了国君交代的任务。毕竟食君之禄，忠君之事，我还是很有契约精神的。成为公使以后，我的身份变得非同一般。为了不丢国君的面子，我率领众多仆从，摆足了排场，声势浩大地朝埃及出发。

当我们浩浩荡荡地快要路过君士坦丁堡时，我远远瞧见一个消瘦的人影。我眯着眼睛仔细一看，发现那人骨瘦如柴，身量矮小，虽然腿上挂着两个沉重的大铅球，但跑起来健步如飞，仿佛没有负重一样。这人明显是看到了我们的队伍，正从田埂上朝我们的方向跑过来。眼前这个怪人让所有人感到惊讶，我忍不住问他："这位朋友，你怎么带着这么重的铅球跑步，你不觉得很难受吗？你是有什么要紧事，怎么跑得这么快？"

矮小的人实话实说:"我刚从维也纳花了半个小时跑到这儿。在今天之前,我一直都在为当地一户大官的家庭服务,不过我现在已经丢了工作。我对君士坦丁堡很怀念,于是想过来试一试,看看能不能找到合适的活计。至于这两个重物,是我自己挂上去的。我以前的老师曾告诉我,奔跑时要保持匀速,不能时快时慢,所以我给自己挂上重物,这样就能减慢跑起来的速度了。"听到对方的话,我情不自禁地笑出了声。这个人憨厚老实,跑得又奇快无比,并不会让人觉得讨厌。我想了想,对他发出邀请,问他愿不愿意接受我的招募,他很高兴地答应了。随后,我们一起继续踏上了旅途。

我率领着浩浩荡荡的队伍穿过城市,走过乡村,在路过某处郊野的时候,我的目光落在附近的一片草地上。只见青翠欲滴的草地上居然趴着一个大活人。我不知道对方在做什么,一开始只是以为他在睡觉。可等我凑近了才发现,那人是睁着眼睛的。此时,对方正趴在地上,侧过脑袋,用耳朵紧紧贴着草地,屏气凝神,似乎在专注地倾听地下的动静。我好奇地问:"这位朋友,你趴在这儿做什么呢?"

"没做什么啊。"那人轻飘飘地回答,"我只是闲着无聊,想听听青草成长的声音,顺便打发时间。"对方的话让我大吃一惊,世间真的有如此奇人,居然能听到如此微弱的声音吗?尽管我见多识广,心里也不免有些怀疑。我半信半疑地问:"你说的是真的吗?你真的可以聆听青草成长的声音?"那人听到我的疑问,像是受到什么侮辱一样,攥着拳头,瞪着眼睛,气呼呼地说:"你别瞧不起人,这件事对你们来说比登天还难,可对我而言,只是微不足道的一件小事!"我听了以后喜形于色,也向他提出了邀请:"先生,请接受我的招募吧,你那敏锐的听力会有大用处的!"那人直接从草地上站了

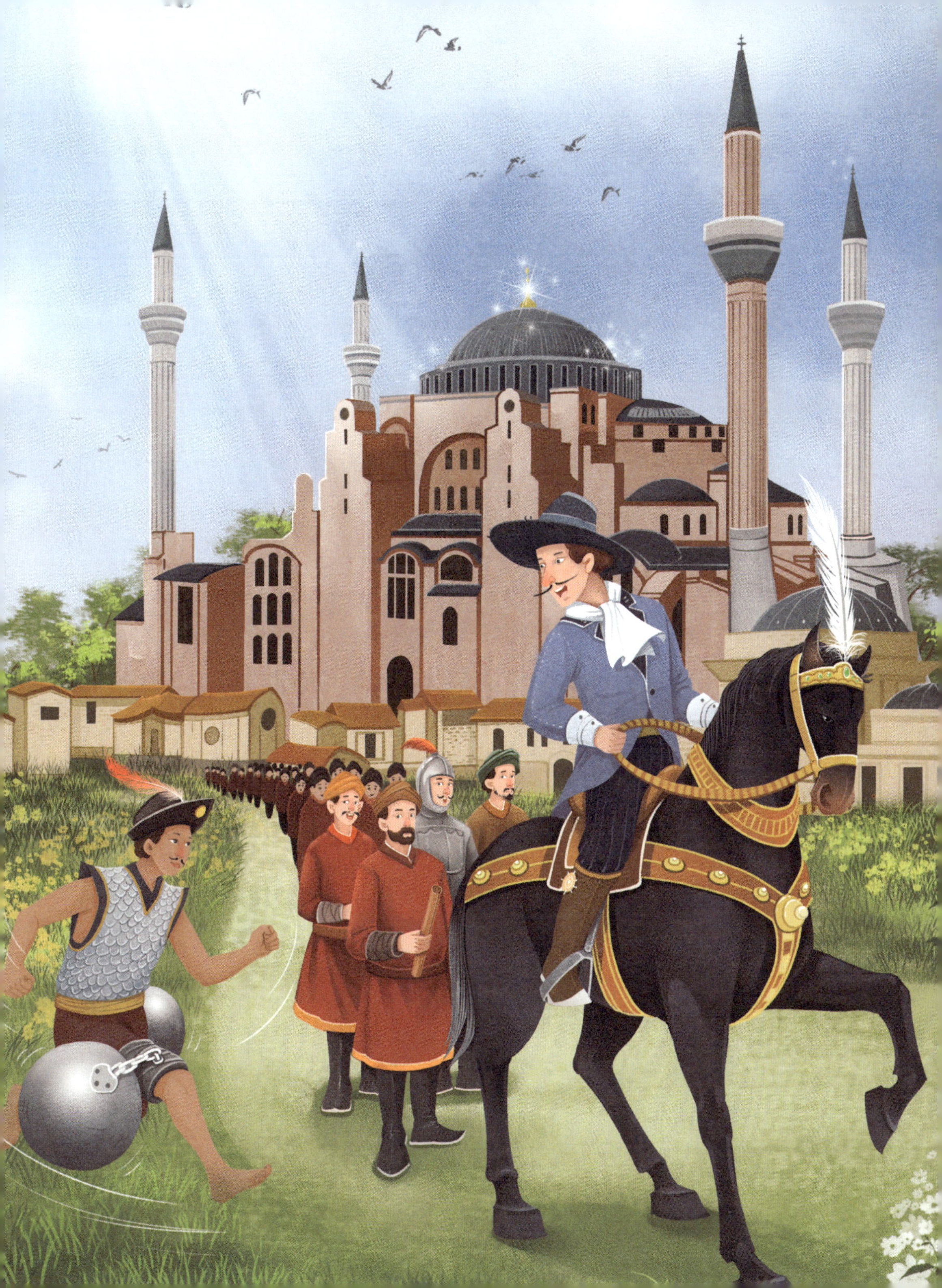

起来，笑呵呵地答应加入我们的行列。

又过了一阵，我们的队伍来到一座小山冈的附近。我常年在森林里打猎，眼力锻炼得不错，很快注意到距离小山冈不远的地方正有一位猎人举枪射击。不过，他射击的方向有些奇怪，既不是密林，也不是草地，而是对着天空放枪。作为他的同行，我很好奇对方为什么这么做。于是我走上前和气地请教："请问猎人先生，您刚刚在做什么？天上什么也没有啊？"猎人放下枪，语气轻松地说："没什么，我只是在试试这杆新猎枪，效果还不错，刚刚我成功射中一只麻雀。"麻雀？我再次抬头看了看天空，确认什么也没有。迎着我疑惑的眼神，猎人耸耸肩，解释道："是的，一只停在斯特拉斯堡大教堂塔尖上的麻雀。"我被猎人的话惊呆了，斯特拉斯堡大教堂离这儿十万八千里，没想到他竟然还是一位了不起的千里眼和神枪手。发现这样的人才让我欣喜若狂，我本身就是一名优秀的猎人，更别说还上过战场，深刻了解一名神枪手的重要性。因此我非常热情地邀请猎人加入我们。也许他感受到了我的诚意，便欣然同意了。

浩大的队伍翻山越岭，开山架桥，来到了黎巴嫩的大山脚下。这儿有一片茂盛的雪松林，郁郁葱葱，面积不小。忽然，我看到一位个子不高、膀大腰圆的壮汉拎着一根粗麻绳绕着森林走了一圈，打算把整片雪松林捆起来。我见状连忙惊奇地问："这位朋友，你在做什么？"对方回答："我忘了带斧子，没办法砍树建房子，只好用这个办法把它们带走，我着急用木头呢！"说完，大力士双臂一发力，把整片森林全都拽倒了。眼前的场景看得我们目瞪口呆。当然，我可不会放过这位奇才，理所当然地邀请他加入我们。不过，这位大力士需要的钱财很多，为了招募他，我花光了作为公使的全部薪酬。但这四位奇人带给我的安全感也是一等一的。

又过了一段日子，我们跋山涉水，总算进入了埃及境内。可没想到，我们刚踏足埃及的土地，就被人给了一个"下马威"。一阵狂风呼啸而来，我们被迫趴在地上，生怕被吹到天上去。我眯着眼睛朝路边看，发现那里竟然有着七架迅速转动的大风车，而在它们的对面，站着一个胖胖的年轻人，他正用一根手指堵住鼻孔，然后拼命吹气。年轻人看到狼狈的我们，连忙停下自己的动作，转身朝我们脱帽致意，狂风霎时间消失不见，大风车也安静下来。难以置信，刚刚的狂风居然是这位年轻人吹起来的。他带着歉意解释："很抱歉给各位带来麻烦。刚才是我在给风车吹风。我担心把它们吹倒，因此不得不堵上一个鼻孔。"

啊哈，看来我的运气不错，刚到埃及就遇到一个人才。他可以带来狂风，将来我要是在给大家讲故事时感觉胸闷气短，或者扬帆出海需要足够的风时，他能起到大作用！为了不错过这位人才，我赶紧盛情邀请对方加入队伍。经过一番磋商，我们达成了合作。他留下风车，跟我们离开。

在尼罗河冒险

在经历千辛万苦的长途奔波后，我们总算抵达了此行的目的地——埃及的大开罗地区。按照出发前国君的嘱托，我顺利完成了他交给我的秘密任务。之后，无事一身轻的我向庞大的随从团队告辞，只带着那五个花了大价钱招募的奇才离开。然后，我们在大开罗以游人的身份闲逛起来。

温柔细腻的尼罗河静静流淌着，贯穿整个埃及的土地。它是埃及的"母亲河"，正是因为它的滋润，埃及才诞生了古老独特的文明。如今的埃及虽然衰落了，但尼罗河畔绮丽的风光还是很值得我们参观的。最后，我们决定租一条当地的小船，从亚历山大港启程，开始尼罗河之旅。

尼罗河孕育了古埃及文明，拥有深厚的历史文化底蕴。因此，一开始，我们在这儿的旅行时光非常愉快。美丽的尼罗河碧波荡漾，像一位亭亭玉立的绝世美人，散发着无比诱人的魅力。再加上天公作美，晴空万里，我们每个人游览的兴致都很高。不过，到了第三天，情势急转直下。

各位朋友，你们或多或少听说过尼罗河定期泛滥的传言吧？我用自己的切身经历告诉你们，那是真实无虚的。尼罗河之旅的第三天，尼罗河突然以肉眼可见的速度暴涨。才过了不到一天，尼罗河周边方圆几千米的农田就被汹涌的洪水淹没。我们的船随着汹涌的波涛上下颠簸，有惊无险地继续航行。

当时间来到第五天的黄昏，我们的船突然在河水里一动不动，看来应该是被什么东西缠住了。我断定这是一些灌木丛和攀缘植物在捣鬼，却碍于光线不足，不敢乱动。等到次日天亮，我们迎着光发现船只周围长满了成熟的美味杏子，于是大家纷纷把它们摘下来，美滋滋地品尝起来。其间，我想知道水位上涨了多少，于是从船上把铅锤扔了下去，结果震惊地发现水深竟然上涨了快二十米！我们不由得感慨尼罗河洪水的可怕。不过，我们的船还是动弹不得。

几小时后，河面上忽然卷起一阵狂风。紧接着，我们的船不知道怎么回事，居然开始漏水，慢慢下沉。我们被吓傻了，好半天才回过神来。为了自救，我们连忙紧紧抱住大树枝，保持平衡以免被汹涌的大水冲跑。不过，大树枝能承载的重量有限，小船依旧慢慢下沉，连带着我们的身体也泡在了水里。而这样的日子，我们一直坚持了二十多天，渴了就喝河水，饿了就吃杏子。为了活下去，我们互相给对方打气，团结一心，互帮互助，并等到了希望的到来——尼罗河汛期结束，洪水开始退去。最终，我们的双脚重新踩在大地上，成功得救了。

我们在洪水退却的泥土里找到了沉没的小船，然后又找到了各自遗失的物品，并把它们直接在地上摊开晾晒。这儿的阳光很火热，湿答答的物品很快晒干了。我们把物品打包好，继续出发旅行。经过计算，我们已经偏离了尼罗河的航线，被洪水冲离河道二百多千米。

经过一个星期的跋涉，我们重新回到尼罗河畔。望着奔腾不息的河水，回想这段时间的经历，我们心中百感交集。

又过了几天，我们回到尼罗河之旅的起点——亚历山大港。苏丹热情款待了我们，并邀请我们参观了豪华的宫殿。好了，先生们，今晚的故事到此为止，我困得睁不开眼睛了，该回家休息一下了。最后，我祝朋友们做个好梦，晚安！

第六次航海冒险：赌约

疲惫的敏豪森男爵准备回家休息，可现场的听众们不乐意了。他们央求男爵大发慈悲，再讲一些故事。敏豪森男爵没办法，只好继续讲述自己跟伙伴们在埃及冒险的经历。

尼罗河之旅结束后，我们回到了大开罗地区，并受到苏丹的热情招待。苏丹是一个性格很好的人，而且很会享受，每天的饮食全是各种名贵菜肴。另外苏丹还是一位品酒的行家，喜欢收集各种好酒，还愿意和我分享他的藏品。

有一回，苏丹又一次向我展示自己的收藏。他从柜子里翻出一瓶酒，说："敏豪森，尝尝这瓶托考伊甜酒吧！你一定没喝过如此珍贵的美酒。"说完，苏丹给自己和我各自倒了一杯。我与苏丹碰杯后，迫不及待地将美酒一饮而尽，然后发自内心地说："这确实是上好的美酒，但跟我曾经在维也纳已故皇帝卡尔六世那儿尝过的甜酒相比，味道要差一些。"

苏丹点点头说："我的朋友，我知道你很诚实。不过我已经没办法再弄到比这瓶更优秀的甜酒了。就连这瓶甜酒也是我手下一位来自匈牙利的骑士送给我的。他很看重这瓶酒，我好不容易才让他割爱相赠。"

这怎么可能！我自认对酒类很熟悉，因此听到苏丹的话，我第一时间就觉得他被愚弄了。于是我坦诚相告："殿下，您可能被骗了。同样品牌的托考伊甜酒有好有差，您的手下要么不懂酒，要么就是有意欺瞒，胡乱说的。

您看这样如何,在一小时内,我会为您从维也纳皇帝的酒窖里,拿来一瓶完全不同的托考伊甜酒。"

苏丹一脸怀疑,觉得我在说谎,我仍旧坚持己见。最后,我们都争出了几分火气,我认真地说:"尊敬的殿下!我厌恶吹牛。既然您觉得我在说大话,不如这样,如果我没能做到,您可以割下我的头颅!不过,我聪明的脑袋价值千金,不知道您愿意拿什么换呢?"

"一言为定。"苏丹果断答应了,和我约定在四点前决出胜负。如果我输了,人头落地;万一我赢了,可以从宝库里带走任何能被大力士拿取的东西。

我信心满满地答应了苏丹,然后给新继位的维也纳女王——玛丽亚·特蕾西娅写信,真诚地请求她将托考伊甜酒赐给我,为此我愿意帮她做任何事。因为时间紧,我没有絮絮叨叨地写一堆废话。等我把信写完,已经三点零五分了。我不敢耽搁,把信交给了招募来的"跑得快",请他赶快出发。"跑得快"不愧是值得信赖的伙伴,只见他解下拴在腿上的两颗沉重铅球,全力朝着维也纳的方向冲去。而我跟苏丹继续一边饮酒,一边谈笑风生,看上去都不怎么在意。

时间一点一滴流逝,那一小瓶甜酒很快就被我们喝光了,可"跑得快"没有丝毫音信,我渐渐有些坐不住了。我能感觉到苏丹正在不时打量一旁的铃锁,那是他用来召唤刽子手的工具。苏丹似乎察觉到了我的紧张,他大方地允许我在侍从寸步不离的陪同下去花园透气。

我在花园里期待"跑得快"能够赶紧回来。可距离赌约结束只剩五分钟,我仍旧没见到"跑得快"的身影。焦急的我立刻命令"好听力"和"看得远"找找"跑得快"那家伙到底去哪儿了。"好听力"立刻趴在地上倾听周围有没有跑步声;"看得远"爬到高处纵目远眺,试图找到"跑得快"的下落。

很快,"好听力"爬起来告诉我,"跑得快"在附近睡着了,自己听到了响亮的打鼾声。"看得远"也站在高处向我喊,说自己看到了"跑得快",那个没心没肺的家伙正躺在一棵橡树下面睡觉。我听得火冒三丈,"看得远"马上安慰我说:"别急,让我来叫醒这个懒汉!"说完,只见"看得远"举起猎枪,瞄准"跑得快"头顶橡树的树梢,果断开了一枪。在子弹的冲击下,橡树的果实和枝叶稀里哗啦掉在了"跑得快"的脸上,他被吓醒了。清醒的"跑得快"注意到时间所剩无几,连忙抓着酒瓶全力朝王宫跑了过来。

最后,在时间截止前的半分钟,浑身大汗的"跑得快"回来了。我长舒一口气,看来自己的脑袋保住了。苏丹好奇地饮下"跑得快"带回来的甜酒后,果然喜笑颜开,承认了我的胜利。随后,他叫来负责自己宝库的大臣,对他说:"作为苏丹,我必须履行承诺,领着敏豪森到我的宝库去吧,我允

许他带走任何由大力士能取走的宝物。"大臣听完,朝着苏丹恭敬地弯腰施礼,他的腰弯得很低,连鼻尖都差点碰到地面。随后,他领着我向苏丹的宝库走去。

朋友们,你们能想象到我当时有多激动吗?在"力气大"的帮助下,我们带走了宝库里所有的宝物,整间屋子里空得都可以跑老鼠了。我们担心苏丹会反悔,马不停蹄地带着宝物朝港口出发。在那里,我招募的其他人才已

经准备好一艘随时可以启航的大货船。我们兴高采烈，齐心协力地将所有宝物塞满船舱，铺满甲板。伴随一阵响亮的汽笛声，货船出发了。

另一边，大臣在看到空荡荡的宝库后，吓得魂飞魄散。他赶忙向苏丹禀告实情。而苏丹也一脸震惊，心里对之前的许诺感到格外后悔。他立刻命令海军元帅出动全部舰船，务必要把财宝追回。当我们的货船离港几千米后，我发现了远处的追兵。我们担忧万一被土耳其人追上，后果不堪设想。这时，"吹大风"挺身而出，大声说道："各位请不要害怕！一切交给我吧！"说完，他迈着稳健的步伐走到船头，然后把一只鼻孔对准货船的船帆，另一只鼻孔瞄准土耳其人的舰队。只见狂风呼啸，土耳其舰队全军覆没。而我们的货船则借着猛烈的风力，只用了几个小时就安全抵达了意大利。

在意大利的善与恶

在土耳其，我虽然差点人头落地，但获得的回报也是无比丰厚的：我们得到了苏丹宝库里的绝大部分财宝！并且我们还逃脱了土耳其人的追杀，成功来到土耳其人势力干涉不到的意大利。各位先生，这样看的话，我其实已经是名满全球的大富豪了。可以在世界各地的大城市里挥金如土，肆意享用美味的菜肴与佳酿，购买昂贵的珠宝，出入各种高消费的豪华场所，在奢靡的大房子里过上纸醉金迷的生活。但事实上，我并没有这样做。更确切地说，我只留下了很少的一部分财富。

什么？你们问剩下的财宝去哪儿了？这得从意大利独特的风土人情说起。也许在很多人的印象里，意大利是浪漫的，是美丽的，是充满人文风情的。但以我在意大利的亲身经历来说，以上说法并不靠谱。虽然有一位叫叶格曼的图书管理员在魏玛写了一本叫《拯救意大利名誉》的图书，可真实的意大利并不像书中描述的那样美好。在意大利的大街小巷，到处都是贫民和乞丐，恃强凌弱、抢劫偷窃的罪行随处可见，社会上充斥着穷苦与罪恶，甚至连本该主持正义的意大利警察也是罪恶的一部分。善良的我见不得人们受苦，于是我把绝大多数财宝送给了遍布街头的乞丐。而我在前往罗马旅行的路上，被一群蒙面强盗抢走了剩下的小部分财宝。这群混蛋应该受到强烈的谴责，他们抢走的财宝是那么惊人！他们的罪恶不仅罄竹难书，还会牵连自己的后代！

天啊，时间真的不早了，各位先生，祝大家晚安！

奉命去君士坦丁堡

按照我本来的计划，今天该讲的是我如何从意大利赶到维也纳，然后接受女王交托的外交任务，跑到君士坦丁堡拜访苏丹。可计划赶不上变化，我决定先把这段经历暂时放一放，或许未来有机会你们可以听到我再讲起这段往事。至于原因嘛，我只能说在我故事里出现的各位贵族、官员，乃至皇帝、君主都还活在世上，如果我口无遮拦地在这儿肆意讲他们的坏话，实在不是什么明智的事情。当然，我今天也是有备而来的。我可以跟你们讲讲，我是怎样拿着官方文件，奉命跑到君士坦丁堡与苏丹谈判的。

事情要从我离开维也纳说起。当时，我带着女王托付的使命，信心十足地来到君士坦丁堡。在苏丹举行的宴会上，与我相熟的罗马大使、法国大使及俄国大使，都向苏丹陛下隆重地介绍了我。然后，我把女王交给我的国书转交给翻译，让对方按照土耳其的惯例，把文件交给宰相，再由宰相把文件呈递给苏丹。

不过，接下来发生的事让在场所有人都惊掉了下巴：只见衣着华丽的苏丹陛下直接挥手打断了翻译的老套陈词，随后径直走到我的面前，笑着向我伸手说："好久不见了，敏豪森，要我说这些仪式都是多余的！我们可是老相识了！老朋友，我的好老弟，我在这儿热情地欢迎你！"

苏丹的意外之举震撼了所有人，他们没想到我竟然和苏丹的关系如此亲密。这就导致我在所有宾客里的地位显得与众不同。不得不说，时隔多年，我再一次见到苏丹，身份已经是千差万别。当年的我只是普通的战俘奴隶，被迫在苏丹的花园里养蜜蜂，而现在我已经是来自维也纳的大使啦！

最近，土耳其和埃及之间有了矛盾纠葛。这天，苏丹很苦恼地向我抱怨，纠结到底该派谁去解决这个麻烦。或许是我当时表情不自然的关系，富有智慧的苏丹注意到了。他露出刁钻的微笑："敏豪森，你的表情看起来很怪，仿佛在说'我在这儿有什么用吗'。这是你的想法吗？"

我没吭声，只是无奈地摊摊手。苏丹见状笑着说："好朋友，我明白了！快，跟我去那边的木塔上面。瞧，想要走到木塔顶部，总共得踩三百六十五级台阶。那里既高又偏僻，不会有人能偷听到我们说话。走吧，做好准备，我会到那边亲口对你讲一个秘密。"

我欣然同意，然后一个冲刺，几步就走到了塔顶。而胖胖的苏丹费了半天劲才汗流浃背、气喘吁吁地走上来，然后一言不发地默默恢复体力。而我也没有催促他的意思，正好趁机俯瞰下方的风景。

不过说实话，当时的我因为心中惦记着苏丹的秘密，就算看风景也是心不在焉，没有认真欣赏。后来，这座高大的木塔被从天而降的火流星击中，燃烧了九天九夜，最后什么都没剩下。这让事后得知消息的我很后悔，当初为什么不好好看看美景呢？

说了这么多，你们一定很好奇苏丹到底说了什么秘密吧？事实上，在我耐心等待半个小时后，好不容易缓过来的苏丹开口了。是的，他的确把秘密告诉了我。但很遗憾，在这个世界上，总有一些秘密是不能被太多的人知道的，尤其是在外交界，有的秘密甚至可以直接引发欧洲混战。苏丹告诉我的秘密就属于这种危险的类型。而且，我和苏丹曾各自起誓，绝对要守护好彼此的秘密。所以你们只要知道苏丹把秘密告诉了我，而我也完成了苏丹交给我的任务，就可以了。事后，苏丹又交给我同样的任务，拜托我去见波斯国王。剩下的事，等将来有机会，我会完整地讲给你们听。

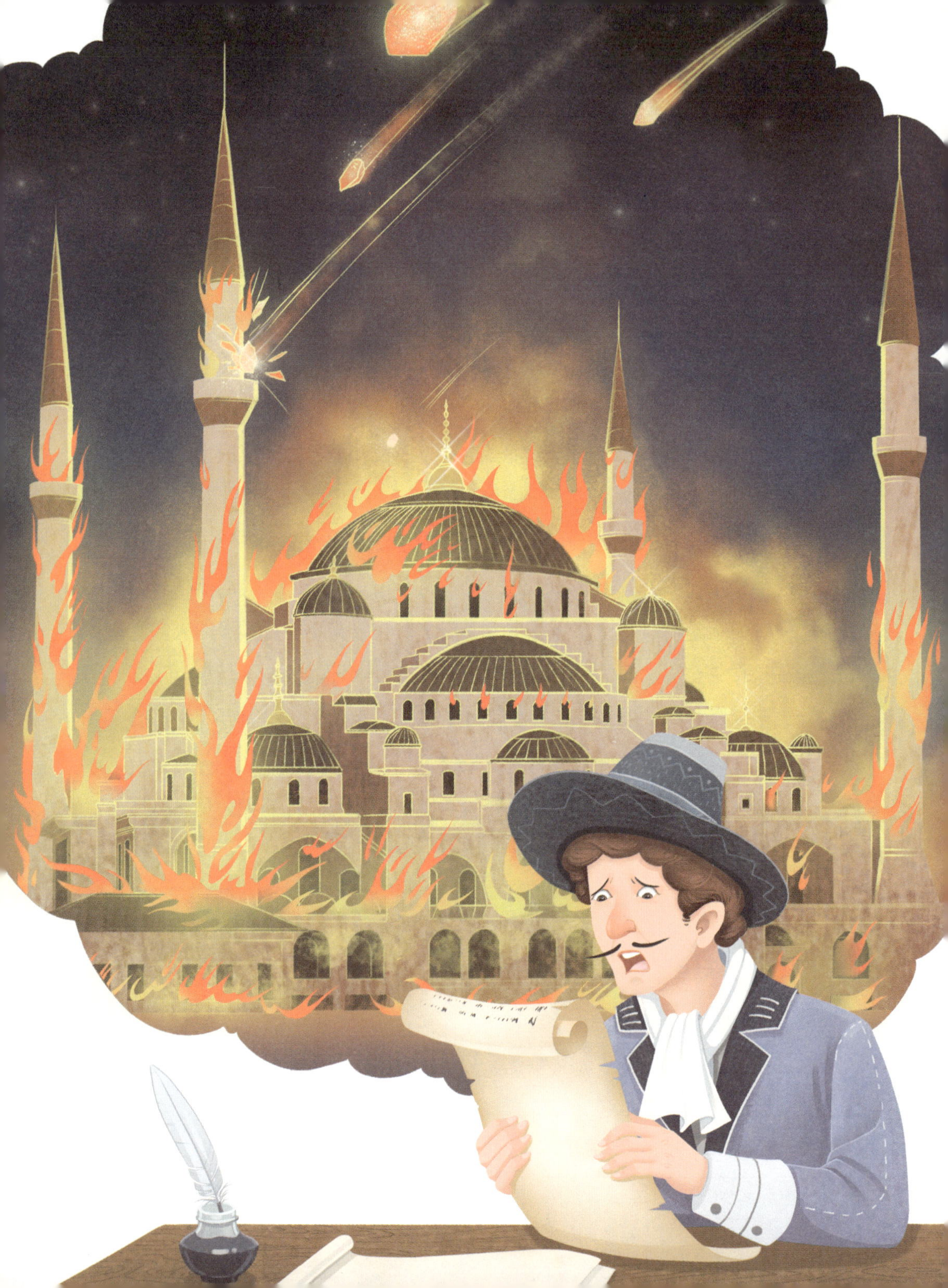

第七次航海冒险：同伴口中的男爵冒险

　　自从上次敏豪森男爵在小酒馆里给听众们讲完过去的冒险经历之后，大家明显感觉男爵先生的心态变得不一样了。每当他讲完故事，感到有些疲惫，就会向听众们告别，然后回家好好休息。不过，由于听众们迫切希望敏豪森男爵可以继续讲述自己的奇妙冒险，以及他父辈的旅行经历，男爵先生在离开之前会答应大家，等休息好就回来。当敏豪森男爵向大家告别以后，留在小酒馆里的听众们开始闲聊起来。大部分人还沉浸在男爵先生口述的奇妙冒险经历中，兴致勃勃地和别人讨论着。在这家小酒馆里，敏豪森男爵是当之无愧的"明星"，大家只要提起他，就有聊不完的话题。

　　这时，有一个自称"男爵同伴"的人从热闹的人群里站了出来。他告诉大家，自己曾经追随男爵先生一起去过土耳其。接下来，就让这位男爵先生的同伴向听众们讲讲，他眼中男爵的冒险经历吧。

　　君士坦丁堡是土耳其的中心城市，军事防卫力量很强。托尔特男爵曾在自己最新出版的回忆录里提到，在距离君士坦丁堡不远处的位置矗立着一门巨炮，听说不管是它的个头还是它的威力都非常夸张。对此，我持半信半疑的态度，毕竟眼见为实，耳听为虚。直到我亲眼看到了那门传说中的巨炮。在我已经模糊的记忆中，巨炮位于君士坦丁堡不远处，西摩伊河岸边的城堡上，通身由品质上好的精铜浇铸，体形很大，质量很重，炮管可以发射起码五百千克的大理石炮弹，并且能射得很远，攻守兼备，是这个时代首屈一指的军事利器。可以看出，土耳其人在铸造它时花费了不少心思。

我记得，在土耳其人的口中，巨炮的威力很恐怖，它一旦发射炮弹，射程以内的所有建筑都会变成灰烬。当时，托尔特男爵很想试试这门巨炮的威力，方便对它做出一些评价。我们这些围观者联想到刚才土耳其人的介绍，纷纷感到不寒而栗，并且敬佩男爵的勇气。在取得土耳其人的同意以后，托尔特男爵压下心中对巨炮的恐惧，跃跃欲试地准备亲自操纵这门可怕的凶器。

前面提到过，这门巨炮至少可以发射五百千克重的炮弹。而想要成功射出如此重量的炮弹，就必须往巨炮里填充起码一百五十千克的火药。托尔特男爵深吸一口气，把因为紧张而出汗的手掌放在衣服上擦了擦，从土耳其人手里接过引信，迈着有些僵硬的步伐向巨炮走去。除我以外，四周的围观者全都退到了很远的地方。我看出托尔特男爵很紧张，于是给他加油鼓气说："放宽心，没什么大不了的，只是点燃一门巨炮而已，你可以的！"在我的再三劝慰下，托尔特男爵的情绪总算得到舒缓，心态变得平和起来，安心等待我下达开炮的指令。

作为指挥员，我当然不会像托尔特男爵那样站在最前方，而是待在巨炮后方的战壕里。从我的位置可以明显看到托尔特男爵急促起伏的胸膛，以及瑟瑟发抖的双腿与双手。好在等待的时间很快过去，随着我的一声令下，托尔特男爵如同本能一般点火，然后用双手死死捂住耳朵。

"轰隆！"巨炮爆发出震耳欲聋的轰鸣声，连地面都跟着晃动起来。硕大沉重的炮弹被抛射到七八百米外的空地上，然后直接撞成了三瓣。这三瓣碎块飞越狭长的海峡，狠狠撞到远处的山冈上，最后落在宽阔的海面上，溅起浪花朵朵。

朋友们,这就是我记忆里托尔特男爵和土耳其巨炮的故事。后来,我跟敏豪森男爵去君士坦丁堡旅行,还一同来到巨炮所在的地方。他对托尔特男爵的往事啧啧称奇。后来,这件事还成了他反复提及的精彩段子。

男爵的力量

在跟敏豪森男爵近距离接触以后,我了解到他是一个很骄傲的人,有着极强的好胜心,在自己擅长的领域非常自信。有时脾气也很倔强,对一件事喜欢认死理,哪怕做这件事并不会给他带来什么实际的好处。而这样做的后果也往往不会太美妙,毕竟一些糟糕的意外就是在这样的情况下发生的。

刚刚讲过,我和敏豪森男爵曾一起到君士坦丁堡旅行。我们也在不远处的河岸边,发现了那门跟托尔特男爵密切相关的土耳其巨炮。虽然敏豪森男爵表面上对托尔特男爵赞赏有加,但我能够看得出来,他其实很不服气。哦,忘了说明,托尔特男爵是一名法国人。想必你们也很清楚,德国和法国的关系一向不怎么和睦。更准确地说,应该是仇深似海。每一个德国人都对法国怀着满腔怨念,这点连敏豪森男爵也不例外,热爱旅行和冒险的敏豪森男爵也有着一颗滚烫的"爱国心"。他看不惯托尔特男爵这个法国人在某件事情上做得比自己强,然后决定做些什么了不起的事,向人们证明自己比法国人更优秀。

只见敏豪森男爵深吸一口气，走到那门巨炮的近前，弯下腰，紧紧抱住巨炮，双臂一使劲，就把它举了起来。然后男爵把巨炮换了个位置，扛在肩膀上，找好平衡以后，连人带炮一起跳到了汪洋大海里，并且扛着巨炮在海水里劈波斩浪，奋力游向了海滨对岸。等他重新上岸以后，他将巨炮举重若轻地抬高，准备扔向对岸原本的位置上。结果，意外发生了。男爵刚要发力，手里一滑，巨炮早早脱手而出，落入大海，不知所终。时至今日，那门巨炮依然待在海底。

苏丹的追杀令

敏豪森男爵把土耳其人的重炮弄没了，这下算是闯了大祸。可能有朋友会觉得奇怪，之前男爵不是已经得罪过苏丹了吗？就是和苏丹打赌赢了以后，"洗劫"了苏丹宝库那回。为什么还要再来君士坦丁堡呢？事实上，我们那次去土耳其，正是应苏丹的邀请。先生们，你们可能不了解君士坦丁堡的苏丹到底多么富有。尽管男爵取巧带走了苏丹那么多的财宝，让宝库空得能够跑老鼠，但他的收入来源很多，没多久就把空空如也的宝库重新填满了。因此，在苏丹看来，男爵带走宝库的财宝只是一件小事。按道理，男爵其实还可以多去几次土耳其，可把巨炮丢到海里这件事彻底激怒了土耳其人，盛怒的苏丹公开向全世界永久悬赏，要杀掉敏豪森男爵。对悬赏有兴趣的人非常多，那段时间男爵的日子过得非常艰难。好在他的运气不错，多次都化险为夷。后来，我们跑到港口，找到了一艘即将离开土耳其前往威尼斯的船，悄悄溜了进去，就这样离开了危机四伏的土耳其，活着回到了故乡。

说起来，对于这件往事，敏豪森男爵始终耿耿于怀。因为在这段经历中，男爵先生从头到尾都在吃亏，几乎没怎么占据过上风，甚至还差点把命丢在异国他乡，所以他一直不愿意提起这段经历。但总的来说，这并不是什么见不得人的事，因此我有时会瞒着他跟别人讲起这件事。

伙伴的家世渊源

各位先生，虽然不能说男爵是个多变的人，但有了其他人，尤其是过去同行伙伴对敏豪森男爵经历的补充，你们也能从侧面对他的形象有更直观的了解。希望朋友们能相信他是一位诚实的人，不会怀疑他那些神奇刺激的冒险经历的真实性。对了，说了这么多，我打算向大家自我介绍一下，这样你们也许就能打消对我的戒备心，相信我之前所说的种种。

我的家世并不出众，我的父亲是一名公务员，很多人以为他出身于瑞士的伯尔尼。他在那个国家专门负责清理街道和桥梁的公共卫生，也就是俗称的"道路清洁工"。我的母亲出身于萨沃伊山区，身体不是太好，脖子上长了一个很别致的甲状腺肿块。不过，这倒不是她独有的，在萨沃伊山区，这个特点在女人中很常见。母亲是一个很独立的人，早早告别了父母，来到大城市谋求发展。也就是在那座城市，她和我的父亲相遇相识，相知相爱。母亲没什么文化，还没结婚的时候，只能在车水马龙的城市里做小工，赚些零散的生活费。母亲是个热心肠，如果有人需要她的帮助，她会很乐意伸出援助之手。但她太善良，有时会被人欺负。比如，当有人披着礼貌的"外衣"，找寻各种借口来抢走她的工作时，母亲往往只会息事宁人，以忍让的态度回避纷争。

父亲和母亲第一次相遇是在某条街道上。那天，这两个心不在焉的人急匆匆赶路，不小心撞到了一起。结果双方都觉得对方有错，谁也不肯相让，大庭广众之下争吵了起来。最后，这件事以两个人被警察带到警署，关在监狱里告终。待在监狱里的两个人冷静下来，向彼此表达了歉意，并且总结出一个结论：争吵是非常愚蠢的行为。从那天以后，两人相互认识，逐渐了解，并在后来成为夫妇。

和自诩有文化、有修养的父亲比起来，山区出身的母亲急躁、粗鲁，常常会因为一些小事跟父亲吵架，这让他难以忍受，最后抛弃母亲，远走异乡。临行前，父亲把一部分财产留给了母亲，希望她能在未来的一段时间里，过得不那么拮据。

我的母亲并不是那种离了男人就只会哭天抹泪的小女人，她骨子里有着萨沃伊山区女人特有的坚毅。离婚以后，母亲为了不坐吃山空，决定到一家木偶剧团工作，并跟着剧团一起在各地巡回演出。后来，木偶剧团到了意大利，母亲向所有同事告别，带着积攒的钱财在意大利租了一间房子，做起卖鲜牡蛎的小生意。

想必在座的各位应该没有不知道伟大的甘加内利教皇或者克雷芒十四世吧！这位大人物对鲜牡蛎情有独钟，餐餐不落。在某个星期五的清晨，克雷芒十四世在众多教士、随从的簇拥下，向圣彼得大教堂赶去。忽然，他注意到我那正在街边小店卖鲜牡蛎的母亲。克雷芒十四世禁受不住美味牡蛎的诱惑，把早晨的大弥撒活动推掉，翻身下马，领着随从走进我母亲的小店。教皇陛下贪心地吃光了所有牡蛎，并且还想吃更多。于是，我的母亲领着教皇来到存放更多鲜牡蛎的地窖，那里也是她的厨房。教皇看上去对这儿很满意，他在离开小店前，把一枚赦罪符赐予我母亲，宣布它会赦免我母亲过去、现在与将来所犯下的一切罪恶。

后来，母亲把那枚赦罪符传给了我。

回归的男爵与他的冒险

敏豪森男爵说话算话，他在休息好以后，准时准点地来小酒馆"报到"了。男爵先生继续用自己那卓越的口才，把过去的冒险经历绘声绘色地讲给大家，满足了他们听故事的欲望。

不过，随着时间的推移，听众们渐渐对男爵先生的故事萌生了挑剔的心理。这倒不是说他们对男爵先生有趣的故事感到不满，只是听众们的要求变高了。他们希望男爵先生可以多讲一些有足够教育意义，同时还能打发时间的冒险故事。他们多次向男爵先生提出请求，但都没得到正面回应。男爵先生最多也就是同他们说笑一会儿，然后自顾自地继续讲述决定好的故事。这是因为男爵先生有独属于自己的特别习惯，他可不会为了迁就别人而去违逆自己的心意，那样会让他连续好几天都感到不痛快。久而久之，听众们对男爵先生的性格秉性渐渐熟悉，也就对他破例听从大家的建议不抱什么希望了。的确，男爵先生长年累月地坚持自己的规矩，从来不肯打破，直到那天晚上。

　　那天，心情很好的敏豪森男爵面带微笑，乐呵呵地听完朋友们的请求。本来大家都不认为男爵先生能够同意他们的请求，但没想到今天是个例外。因为男爵先生的记性很好，所以面对听众们的请求，他张口就来。

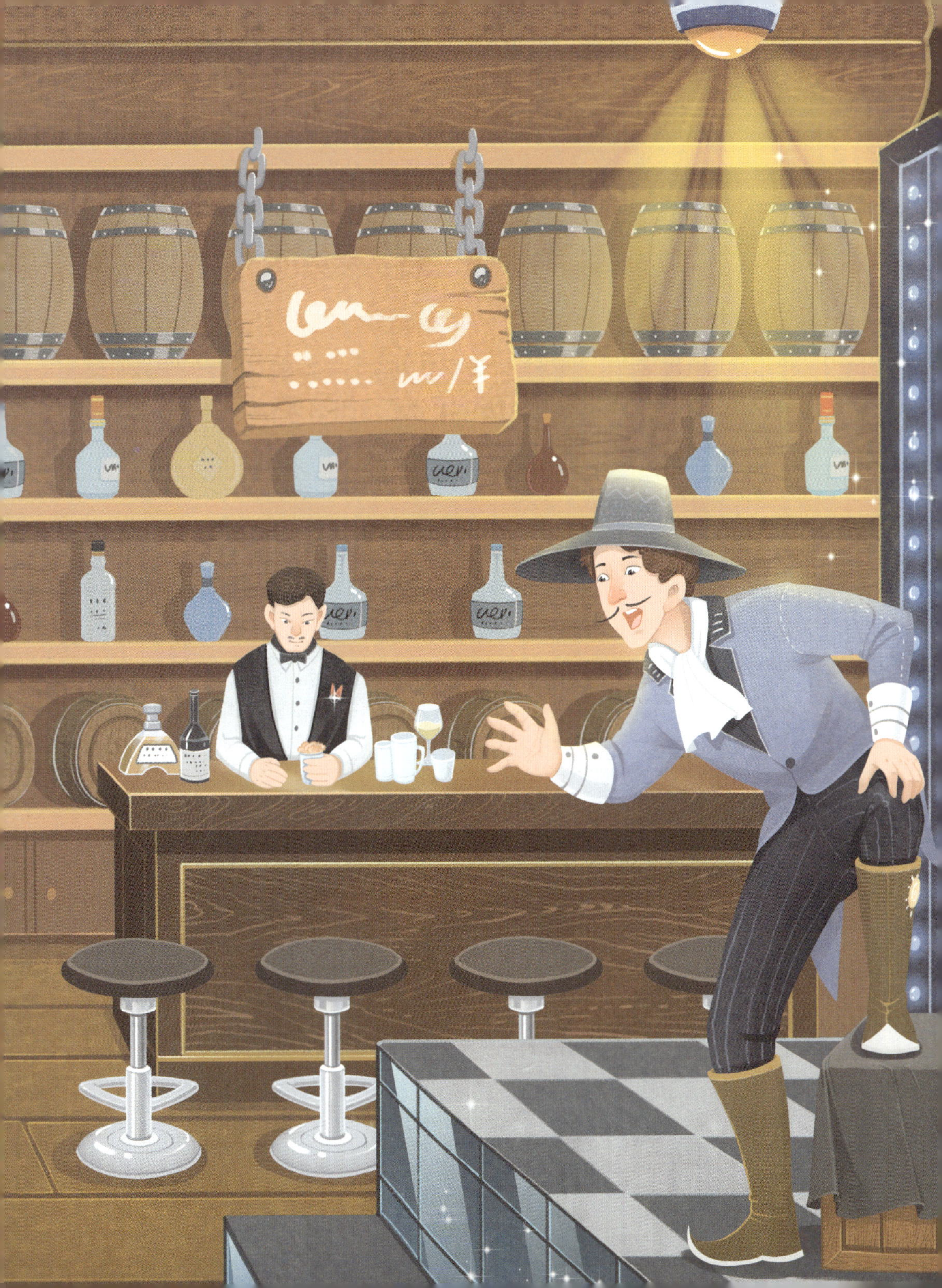

直布罗陀大冒险

听众们喜出望外,为敏豪森男爵的开明高呼万岁。他们瞪圆眼睛,正襟危坐,脸上露出期待的表情,默默等待男爵先生开口讲述自己不同寻常的冒险经历。只见敏豪森男爵端坐在被垫得高高的沙发上,优雅地举着高脚杯,对热情的听众们侃侃而谈:

在那次围攻直布罗陀的战役爆发后,洛德尼勋爵给我下了命令,让我搭船赶赴前线的某个城堡,去探望慰问主持战役的埃利奥特将军。老将军因为长期在前线坚守阵地,表现卓越,获得了国内的嘉奖。巧合的是,将军跟我算是老相识,刚一见面,我们就热切地拥抱在一起。紧接着,我们一边交谈,一边在堡垒及周围转了转。将军向我说明了当前的局势,把敌我双方的军力及战斗计划如实地给我讲了一遍。听完老将军的话,我的眉毛皱在了一起。我也是领过兵、打过仗的,从现在的局势来看,我军的情况并不乐观。为了更了解敌人的动向,我掏出伦敦产的高倍望远镜向对面望去,发现敌军正在部署重炮,准备炮轰我军阵地。我大惊失色,连忙把紧急军情告诉老将军。老将军没有偏听偏信,而是亲自用望远镜观察敌人,并肯定了我的发现。在这个危急关头,老将军答应让我事急从权。于是,我也毫不客气地命令士兵调来一门比敌军更厉害的重炮,瞄准对面阵地的炮口。朋友们,我在这里可以非常自信地告诉你们,在这个世界上,没有人比我开炮的技术更强。

开炮前，我用望远镜时刻关注对面。当敌人准备点火时，我也命令我方的重炮点火，几乎一齐爆发出震耳欲聋的轰鸣声，沉重的炮弹向着彼此飞射过去。但出乎意料的是，双方的炮弹竟然在半空中撞到了一起，而我们的炮弹要比敌人的炮弹威力更强，直接把对方的炮弹顶了回去。倒霉的炮手与士兵们被自己人发射的炮弹击中，不偏不倚，十几个人齐齐掉了脑袋，场面十分骇人。值得一提的是，那颗炮弹动力强劲，在干翻己方阵地以后，仍然继续飞行，并在一路击断了排在一起的三艘轮船的主桅杆后，长驱直入，来到了非洲海滨上空。直到飞进非洲柏培拉境内数百千米后，慢慢没了动力，直直朝地面坠落，砸穿了一间农舍的茅草屋顶，最后落进一位仰面朝天，正在酣睡的老太太的嗓子眼儿里。可怜的老太太被砸掉仅剩的几颗牙以后，痛得"哎哟哎哟"直叫。她的丈夫回来后，发现了这件离谱的事，感到十分惊讶。一开始，他想把炮弹从妻子的喉咙里拽出来，可操作起来难度太大。因此男人换了个角度，把炮弹推进妻子的肚子里。等到次日，妻子把炮弹排泄出来，便平安无事了。

　　再说说我方的炮弹。在我的计划里，这颗炮弹把敌人的炮弹撞走后会继续飞行，直到把对方重炮掀飞，再砸穿敌人军舰，从船底掉进大海。与此同时，受损严重的军舰会快速漏水并沉没，而船上的近千名西班牙水军与陆军将领都会落入海中溺死，喂饱水里的鱼虾。这简直就是天才一般的战绩！当然，尽管这种作战方法来自我的设计，跟我那聪明的头脑脱不开干系，但我也不会强行要求前线将士把这件大功全记在我的名下，毕竟我很谦虚。

　　但现实到底还是偏离了计划，我的设想并没有完全实现。事后，我在复盘这次炮战时，觉得当初要是再多加一些火药，比如，两倍分量，那炮弹造成的战果就会更加惊人。

战后,埃利奥特将军为了嘉奖我的战功,大方地封了我一个官位,不过被我婉拒了。结果,在当晚的庆功宴上,前线大小军官全都到场,他们听说我的事迹后,一同向我行礼致敬,这在军中可是相当高的荣誉了!

夜探西班牙军营

我对英国人颇有好感,这是因为在我的印象里,他们是一个勇敢优秀的民族。为了帮他们打赢这场战争,我决定留在前线,与埃利奥特将军一起守卫阵地,等待需要我再次出手的时机到来。而在焦灼的战争期间,这种机会很容易出现。

差不多过了三个星期,我抓住了合适的机会。在某天凌晨一点左右,为了方便行动,我打扮成神父的样子,从我军的城堡里偷偷跑了出来,然后轻手轻脚、悄无声息地躲开了敌人安排的眼线,以及密布的堑壕,潜伏到西班牙人的军营内。我按照以往的经验,很快找到一顶守卫森严、被包裹得非常严实的帐篷。我想那里应该就是敌人的指挥中心。当我想办法摸到帐篷附近,果然发现敌军指挥官正在跟其他高级将领们一起,协商明天的作战计划,其中还有一个眼熟的人,是阿托伊斯伯爵。我艺高人胆大,相信自己伪装得天衣无缝,不会有任何人发现破绽。于是,我在敌人毫不知情的情况下,将他们制订的计划内容熟记于心。

等到军事会议结束，所有的将领离开了帐篷，回到各自的住处休息。很快，庞大的军营里一片宁静，连站岗的哨兵也因为放松警惕而打起了呼噜。太棒了！现在是搞破坏的绝佳时机！想到这儿，我立刻开始执行起自己胆大包天的计划。我走遍军营的各个角落，把那些大小不一的火炮全都从炮架上抱起来，然后扔到几千米之外的海水里。陆陆续续跑了差不多三百趟吧，说实话，这些铁疙瘩的分量实在不轻，我累得气喘吁吁、汗流浃背。等到只剩下最后一门火炮时，我停下了自己的动作。倒不是我干不动了，而是在我的计划中，这门大炮另有用处。

对了，朋友们，我最近听说了一件事。你们好像趁我不在的时候，玩得很热闹。据说是让我的一位同伴给你们讲述关于我的故事。别担心，我没生气。相反，我觉得他讲得很好，尤其是那段我扛着土耳其巨炮跳进大海，然后一路游到对岸，丢掉大炮平安返回的经历，我认为讲得很不错，我在西班牙军营做的其实也是差不多的事。

随后，我收拢了全部炮架与手推车，想把它们送到军营里的大广场。为了不让这些东西乱出声，我小心翼翼地把它们夹在腋下，像蚂蚁搬家一样，一件一件运到广场，并堆成一座规模壮观的山头，起码跟直布罗陀山崖一般高。紧接着，我又开始处理最后一门巨炮，把它拆成了碎片，让这些碎片跟埋在地下的鹅卵石互相撞击，迸出明闪闪的火星，由此把导火线点燃，把这些破铜烂铁全都焚毁。哦，对了，我还把所有军车扔进了熊熊大火里。

都说水火无情，火焰的威力确实很可怕，那堆小山很快被烧成了灰烬。为了混淆敌军的调查，我贼喊捉贼，在军营里胡乱叫嚷起来。接下来的事情可以想象得到，整座军营里的人被惊醒后，陷入了巨大的混乱中。如果埃利奥特将军能够领兵出击的话，我想一定可以大获全胜。可惜他并不知道我在敌军这边做的大事。骚乱过后，敌人们在清点损失时，发现大炮、炮架等军备不翼而飞，纷纷认为是自家的哨兵被收买，放了七八个敌人进来捣乱，这才造成如此严重的损失。后来，有位叫德林克沃特的历史学家在书中记载了这次火灾与骚乱。他认为是火灾重创了西班牙军营，对我在历史中起到的作用毫不知情。当然，我从未向任何人提过这件事，连埃利奥特将军也不知道。

值得一提的是，军营里那位阿托伊斯伯爵被火灾惊醒后，惊慌失措，领着手下连忙撤退，用了半个月时间逃回巴黎，然后一病不起。

投石器风云

距离那场突发的火灾已经过去了两个月。不管是敌人还是埃利奥特将军，都不知道那件事的背后是我的功劳。而我也没有声张，仍然留在城堡里跟老将军共患难。这天清晨，我正和埃利奥特将军共进早餐，忽然有一颗炮弹从天而降，砸在了餐桌上。在场的人大惊失色，老将军跟其他人慌乱地逃出了房间，而我临危不乱，抱着快要爆炸的炮弹朝山顶跑去，打算把它扔到深谷里。这时，我注意到在海对面的小山上有一群人。因为那里的位置靠近敌人的军营，离我很远，光凭肉眼看不清发生了什么。于是，我空出一只手，从怀里掏出望远镜向对面看去，结果看到两名熟人——我们的一位将领和一位上校。他们昨晚被派去敌人那儿打听情报。看来他们的技术和运气都很差，已经被敌人抓住，要被处刑了。

出于这段时间交流出来的战友情，我决定把他们救下来。我看了眼手里红得发烫的炮弹，一开始想把它扔到对面去救人。但考虑到距离太远，再加上我的臂力有限，这样做成功率不高。幸好我想起自己口袋里的神秘装备——一件祖传的投石器。据说当年大卫就是靠它战胜大力士的。我没有犹豫，马上把炮弹扔到投石器中，瞄准远处的人群，把炮弹射了出去。炮弹正好落在人群里爆炸，效果惊人，除了两名军官，其余围观者全都当场死亡。至于为什么军官们能幸免于难，这是因为他们被吊在了空中。分散的弹片击断了绞刑架的柱子，成功将军官们从危险中解救出来。获救的两名军官不清楚发生了什么，满脸惊慌地四处张望。当他们意识到自己已经得救后，连忙帮助彼此解脱绳索，朝海边狂奔，纵身跳上一艘小船，径直开往我军的轮船。等我找到埃利奥特将军汇报情况时，那两位幸运的军官已经逃回来了。为了庆祝他们死里逃生，我们举行了隆重的仪式，度过了热闹的一天。

啊哈，朋友们，我猜到你们想说什么了，你们想知道我是怎么拥有这样神奇的投石器的。这一切得从我的祖先——古代国王大卫和乌利亚女伯爵讲起。很久以前，大卫和乌利亚女伯爵相恋，两人幸福甜蜜地生活在一起。可随着时间的流逝，大卫对女伯爵的感情变淡了。有一回，他们因为诺亚方舟建在哪里，还有大洪水过后方舟该停在何处等事情爆发了激烈的争吵。大卫拥有绝大部分男人的缺点，不喜欢别人反对自己；而女伯爵的脾气也很倔强，喜欢事事强调自己的正确性。最后，两个性格刚强的人针锋相对，彼此的矛盾越来越尖锐，最后一拍两散，老死不相往来。

女伯爵对大卫的绝情怀恨在心，打算做些什么报复对方。她想起过去大卫经常在自己面前提到投石器，而且对它表现得非常重视，看得比金银财宝重多了。于是，女伯爵决定偷走大卫的投石器，让他后悔莫及。不过，还没等女伯爵离开国内，大卫就发现投石器被她偷走了。大卫异常震怒，发誓绝不放过女伯爵，立刻派出大批军队去追捕她。女伯爵看到追兵将至，内心十分焦急。忽然，她想到那件神奇的投石器，决定试一试。只见女伯爵掏出投石器，瞄准一个冲锋在前的士兵。那个家伙利欲熏心，做梦都想着升官发财，是王室的走狗，因此冲在最前方，打算抓住背叛大卫的女伯爵，取回投石器立功。结果女伯爵用投石器大发神威，当场就把那名士兵打死了。其他追兵看到惨死的同伴，纷纷停下追击的脚步，心中都萌生了退意，不想白白丧命。双方就这样对峙了好一会儿，空气中弥漫着紧张的气氛。最终，大卫派来的追兵暂时退去。而女伯爵没有放过这个绝佳的逃跑时机，立刻骑马逃到了埃及，去投奔自己的亲朋好友。

　　忘记说了，女伯爵因为逃走得太匆忙，只来得及带走一个最宠爱的儿子，剩下的孩子全都留给了大卫。女伯爵在埃及安享晚年，她在那儿过得很好。她那唯一带在身边的儿子也像个富翁一样，一辈子不愁吃穿。后来，女伯爵去世，她在遗嘱中明确提到，投石器只会传给这位最疼爱的儿子继承。从他开始，这件投石器便一代代传承下来，最后落到了我的手里。

　　大约在二百五十年前，投石器传到我的曾祖父手里。当年，他去拜访英国，意外认识了一位了不起的作家——莎士比亚。据说，这位作家品性恶劣，心胸狭隘，大概是为了复仇，他不仅从英国人和德国人那儿剽窃作品，还把投石器引入，想要用它杀死一位叫威尔布莱特的先生。不过，威尔布莱特先生的运气不错,最终逃脱了。而莎士比亚则相反,他被关进监狱里,直到被我的曾祖父用一种特别的方法解救。

当时,英国的统治者是伊丽莎白女王。在女王晚年时,老迈病痛的身体让她倍感折磨,她逐渐对一切事物都丧失了兴趣。而我的曾祖父来到英国以后,竟然奇迹般地让女王重拾了对生活的信心。对于这件事,不知道各位先生是怎样看待的?莫非也觉得是我曾祖父的功劳吗?不管怎么说,在我曾祖父的帮助下,女王陛下释放了莎士比亚,这位作家重获自由。后来,人们慢慢理解了莎士比亚的伟大,他也习惯在自在的时光里发表作品,以此讨朋友们的欢心。

对了,朋友们,我还有一件关于伊丽莎白女王节食减肥的趣事。据说女王自创了一种节食方法,不过并没有得到大臣们的支持。当然,就算有人反对,女王还是把节食的行动实施起来了,虽然八年半后她就放弃了。

骑着海马在海底旅游

又过了两百多年,那件神奇的投石器被我父亲继承。而我在来直布罗陀之前,父亲又把投石器传给了我。当时,他还跟我讲起自己继承投石器以后发生的种种趣闻逸事。这不是他第一次讲这些事,起码我并不是这些故事的第一位听众,我父亲的那些老朋友都听他讲过。虽然父亲的故事听起来很夸张,但我们都没有怀疑它的真实性,当地的老人都能做证。

我从父亲的口中得知,他当年环游世界的时候,在英国逗留了不短的时间,自己有很多趣事都是在英国发生的。记得有一回,父亲到距离哈里奇不远的海边散心。忽然,海水翻滚,一只凶神恶煞的海马冲上陆地,朝着他狂奔过来。父亲被气势汹汹的海马吓了一跳,不过他很快就镇定下来,从怀里掏出那件祖传的投石器,迅速从地上捡起两块鹅卵石,瞄准凶恶的海马的脑袋,用投石器把它们发射出去。投石器的威力惊人,一下子把猝不及防的海马的眼睛射瞎了。海马什么都看不到,一下子变得温驯了许多。父亲在陆地上骑过不少骏马,可海马还从来没骑过呢!于是,他一溜烟跑到海马身边,翻身骑了上去,然后驾驭它往海下游去。巨大的海马表现得异常温驯,对父亲的种种命令十分顺从。但长久的冒险经历让父亲始终保持着警惕,他将手里的投石器当成缰绳,勒住海马的嘴巴,骑着它在海水中快速穿行。据父亲回忆,还没到三个小时,他就骑着海马前进了几十千米,横渡大洋,来到了海的另一边——赫尔浮埃茨鲁。事后,父亲觉得海马有些累赘,于是决定就地把它卖掉。最后,海马好像被三个高脚杯旅店老板买走了,售价七百枚杜卡特。朋友们,这个价格听上去很不值得,但那家旅馆的老板非常有生意头脑。他把海马买走后,将其包装成稀奇的物种,放在旅店门前公开展览,因此赚得盆满钵满。如果你们翻翻布丰的作品,应该能找到跟这件事有关的插画。

虽然我很佩服父亲的勇气与技艺,但我更好奇他骑在海马上时都看到了什么风景。父亲回忆了一番后,告诉我:"骑着海马在海中旅游是一种十分难得的经历,我在大海里见到了许多在陆地上看不到的风光。坐在海马的背上,感觉和在陆地上骑马不同。海马并不是在水下游泳,而是以超乎寻常

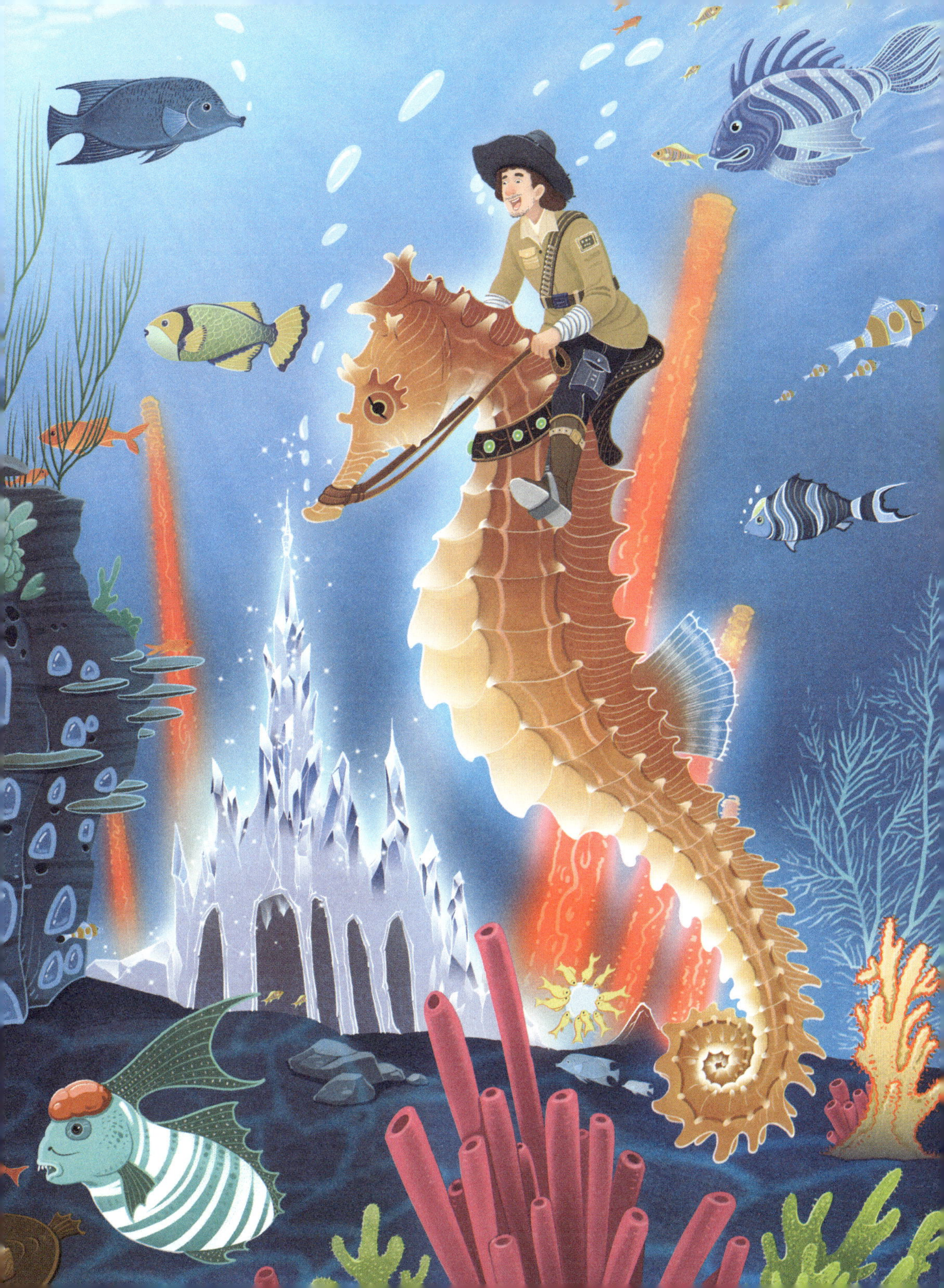

的速度在海下狂奔。与此同时，海下到处都是鱼，光是在我面前出现的鱼群就数以百万计了！狂奔的海马驱赶着前方的鱼群，让它们被迫朝四面八方游去。我环顾四周，发现不少奇特的鱼，有的鱼脑袋长在身体中间，有的鱼尾巴上长着脑袋，还有的鱼聚在一起，在一个水泡里围成一圈，同时用人类听不懂的语言哼唱乐曲。我还在海底发现了特别的水晶宫，那是一些鱼单纯用水构造的建筑，整体显得晶莹剔透，漂亮极了！水晶宫周围围着许多根雄伟的柱子，如同火焰一般正在熊熊燃烧。在我看来，这些柱子应该就是由火焰做的。水晶宫里有许多间屋子，每所房间的设置布局都显得别具一格，十分有特色，有的房间适合鱼类夫妻在里面繁衍后代，有的房间适合安置待产的鱼妈妈，以及还没'孵化'的鱼卵。而那些雄伟的柱子，我猜应该是小鱼们上课的教室。当然，这些都只是我的猜测，具体真相是否如此，就得问鱼儿们了。"追根究底，人类社会其实跟鱼儿们的世界差不多，有很多相似之处。我敢保证，在鱼类的世界里绝对存在一位聪慧的智者，大概就像我一样，热爱旅行，然后将旅行时汲取的灵感应用于水下的世界。各位朋友，我向你们讲述的内容有许多我亲眼所见的真相，也有一些只是我的主观臆测，你们尽可能地挑一些有趣的内容听。当然，我还是会继续把我的冒险故事讲给你们听的。

奇妙的海下生物

我的父亲还在讲述自己骑着海马时，在海底的各种新奇见闻："我在海底见到许多过去没见过的东西。对我来说，这儿的世界要比陆地上更新鲜有趣。海马载着我路过一座连绵不绝的海底山脉。它是那么高耸挺拔，看上去要比欧洲最高大的阿尔卑斯山脉更加高大。从我的方向望去，一面山崖上生长着许多奇奇怪怪的大树，树枝上挂满了各种'果实'，有螃蟹、牡蛎、生蚝、海蜗牛、贻贝等。我好奇地打量着那片森林，发现螯虾树的产量最高，螃蟹树和牡蛎树独树一帜，体形远远领先其他大树。牡蛎树下面长着密密麻麻的灌木，如同藤蔓沿着树干攀缘而上，灌木上生长着许多体形偏小的海蜗牛。在远处山崖的顶端，一艘破旧的沉船落在了巨大的螯虾树上。可能当时坠落的力量太大，不少螯虾被它从树上撞了下来，结果落到了下方的某棵螃蟹树上。我推测这艘沉船沉没的时间应该发生在春天，那时的螯虾们年轻力壮，与螃蟹树上的小家伙们一起繁衍出很多稀奇古怪的生命。这些新生命的外表结合了螯虾与螃蟹的特点，此前还从来没人见过它们。因为新物种太稀有，我准备带走一只。可转念想了想又放弃了。因为这样做太麻烦，而且海马没有临时停靠的打算。再说我已经在海面下几百米的深谷间行动了许久，这儿的空气太稀薄，我已经有些呼吸困难了。当然，海底环境的恶劣也是我迫不及待想离开的原因之一。从下海开始，我遭遇了好几次被大鱼追杀的情况，如果不是那些大鱼没办法一口吞掉我和海马，我们很难逃出生天。为了尽快逃离被海洋生物攻击的险境，我决定让海马加把劲，赶紧带我回到熟悉的陆地上。"

当爱情来临

我父亲对骑乘海马的经历记忆犹新，仍在向我继续讲述自己的传奇故事："海马的速度很快，几个小时后，我们接近了位于荷兰的海滨。当时，海马即将载着我浮出水面，我隐约看到海边的沙滩上好像有一个人躺在那儿。看对方的服装打扮，似乎是一位女士。我不确定那是昏迷的人，还是一名死去的倒霉蛋，于是慢慢地走向她。等到我们的距离足够接近时，我发现那位女士的胳膊动了动，看来她还活着。我本着救命行善的心思，连忙把对方抱了起来，运到相对干燥的海岸，然后凭着过去学到的急救知识，对她进行紧急救治。孩子，别看那个年代的急救方法不怎么先进，但普及范围很广，哪怕在一家乡村小酒馆里，都有人懂得如何急救护理，把溺水者的生命从死神手中夺回来。正当我竭尽全力抢救那位危在旦夕的女士时，一名当地的医生偶然路过，他向我们伸出了援助之手。在他的奋力且不间断的抢救下，那位女士的生命成功保住了。过了一会儿，昏迷的女人慢慢苏醒过来，我跟医生激动地击掌庆贺。女人向我们真诚地道谢，然后同我们讲述了流落至此的原因。据她所说，她的丈夫是一名为船队服务的水手。不久前，本来正在休假中的丈夫忽然接到命令，需要立刻跟着船队离开。这道紧急命令让女人的丈夫手忙脚乱，急切之间他做了一个离谱的决定：带着另一个女人上船，把自己的妻子留下来。女人在得知这个消息后，非常震惊，伤心不已。因此，她在守护家庭和谐的女神的指引下，来到大海边，驾着一只小船，在茫茫大海里追寻到了丈夫船队的踪迹。登上丈夫所在的大船后，女人简单问候了丈夫几句，随后便迫不及待地想讨个说法。她向丈夫举证了许多理由，表示自己才是那个能和他共度余生的人。但女人的丈夫断然拒绝。女人对丈夫的绝情感到难以置信，因此深受打击。她权衡再三后，做出一个令人悲痛的决定：她选择退出这场注定无法成功的纷争，失落地从船上跃入冰冷的海水中，用恶毒的语言诅咒那个薄情的男人。在跳海的那一刻，女人的内心是绝望的。但当她在海水里浮沉的时候，她的心情意外宁静，感觉到了解脱。所幸命运垂青不幸的人，晕厥的女人最终被我拯救，无形的缘分将我们彼此相连。从那天以后，世界上少了一个苦命的女人，多了一对甜蜜的情侣。

"我们在一起以后，有时我会想象，如果某天我爱人的丈夫远航回归，当他知道自己曾经的妻子已经嫁给他人，获得了救赎，对方会祝福我们吗？好吧，我承认，我的恶作剧可能给那个男人带来很大的麻烦。不过，我并没有丝毫的负罪感。决定与爱人结合，不是出于恶意，也不是乘人之危，而是发自内心的爱恋之情。不过，不能否认，我们的爱情可能对那个薄情的负心汉来说，是单纯的羞辱和噩梦。"

朋友们，刚刚我说的那些，就是父亲把祖传的投石器交给我时，讲述的一些冒险经历。当然，这些话都来自我渐渐模糊的回忆，毕竟距离我们父子交流已经过去了很多年，我也是依靠那件神奇的投石器，才能勉强记起这些细节。它在我们家传承了这么多年，陪着我父亲经历了不少事情。也许你们很想知道我父亲后来还用投石器做过什么。但说实话,我只记得自从当年他骑海马时,把投石器当作马勒以后,就被损坏了。我继承投石器以后,一辈子也只用了一次,就是把没爆炸的炮弹射给西班牙人,并且救了两位战友的那回。在那之后,投石器的大部分零件全都跟着炮弹一起飞了出去,只剩下一小部分,彻底没用了。如今,我将投石器剩余的部分作为纪念品,放到家里的收藏室中,跟许多古董摆在了一起。

划过天际的肉人

不久后,我向埃利奥特将军告别,从直布罗陀离开,回到英国。有一天,我在沃尔夫港口办理好各种装船手续后,途经沃尔夫塔楼踏上回家的路。当时天气很热,我感到非常疲倦,于是想找个凉快的地方休息一阵。结果我找了半天,只在周围找到许多竖立的巨炮。因为燥热的天气让我的脑袋迷迷糊糊,所以我不经思考就爬进大炮的炮膛里。你们别说,那里既凉快,又舒服,我不知不觉就睡着了。我并不知道当天是国王的诞辰,这些装满火药的大炮是用来给国王庆生的。等放炮的时间一到,炮手立刻点燃引信,对一切毫不知情的我就这样被巨炮射向高空,在天空划过一道漂亮的抛物线,最后落到一间农舍院子里的干草堆上。值得一提的是,那时的我还在睡觉,完全没有被刚刚发生的事打扰,自顾自地做着美梦。

三个月后,这家农民想把院子里的干草卖掉赚钱。当时我正躺在能装运五百车的干草堆上，对外界发生的事毫无所觉。农人们热火朝天地搬运草堆，而我迷迷糊糊地被吵醒了。当我看到眼前热闹的场景时都惊呆了，不知道自己身在何方。我慌张地想逃走，却不小心从草堆上摔下来，压死了一位无辜的农人。我非常愧疚，但后来我听说那名死者在当地不是什么好人，我的做法算是为民除害了。

当我彻底清醒后，总算把这三个月发生的事情捋清楚，回忆起当初是在哪里睡的。后来，平安无事的我回到伦敦，出现在苦苦寻找我下落的朋友们面前时，所有人都惊讶极了。我想，各位先生应该能想象出当时有趣的场景。接下来，让我们一起干杯，我会再讲一些有意思的海外冒险经历。

第八次航海冒险：去北冰洋旅行

我亲爱的朋友们，不知道你们听没听说过菲普斯船长的大名。他现在也被称为马尔格雷夫爵士。菲普斯船长曾经有过一次闻名全球的远洋航行，那是他人生中最后一次到北冰洋冒险，而我有幸参加了这次航行。当时，我是以朋友的身份随行的。按照菲普斯船长的计划，我们这次航行路线离北极很近。我为了能在旅行途中见识到更多美景，特地随身携带了高倍望远镜，就是我当初在直布罗陀用的那只。朋友们，你们可能不清楚。在我看来，在漫长的旅途中，时常远眺风景可以最大程度上缓解身体与心灵的疲惫，顺便还能提早发现一些有趣的事情。

我们的船距离北极越来越近，航线沿途的冰块、冰山也慢慢变多了。这天，我习惯性在甲板上远眺。忽然发现在距离船只不到一千米的位置，矗立着一座比船上的桅杆还要高大的冰山。在它的顶端，两头健壮的白熊正在进行一场势均力敌的激斗。我欣喜若狂，连忙带上猎枪，示意船向冰山所在的方向行驶。等双方的距离接近，我赶忙手脚并用地爬到冰山上，小心翼翼地来到冰山顶端，迈着蹒跚的步伐缓缓接近白熊们。我停在原地，估算了下我们之间的距离，确认已经达到了猎枪的有效射程，这才抽出时间再次打量了两头白熊。它们的体格异常雄壮，都跟肥硕的公牛差不多大小。这时我注意到，它们并不是像我一开始想的那样在打斗，而是单纯的打闹嬉戏。不过，这对我来说并不重要。我默默在心底盘算了一番白熊毛皮的价值，忍不住眉飞色舞。随后，我轻轻吐出一口浊气，稳定好情绪，举起猎枪，瞄准对一切毫无所觉的白熊们，准备开枪射击。可没想到，就在这紧要关头，我的脚底忽然打滑，失去平衡的我重重摔倒，昏了过去。

当我醒过来睁开眼的时候，面前的情况差点吓得我魂飞魄散！原来，一头白熊注意到倒在冰面上的我，正围着我嗅来嗅去，并且还不时用粗糙的舌头舔我。过了一会儿，白熊似乎有了新想法。它用自己毛茸茸的肚子压住我的上半身，然后用粗壮的熊掌拉住我的腰带，好奇地来回提拽着我的双腿。我真是太倒霉了！不知道它待会儿会对我做什么。

我想了想，觉得不能坐以待毙。我想到自己怀中还揣着一把多功能折叠刀，连忙把它抽出来，狠狠刺向白熊的一条后腿，并且切掉了它的三个脚趾。猝不及防的白熊惨嚎一声，丢下我的身体，径直跑到一边，朝着我龇牙咧嘴，发出夹杂着愤怒和痛苦的吼声。我没有迟疑，立刻从地上捡起猎枪，对准白熊开了一枪。别担心，这么近的距离，我当然不会射偏。被射中要害的白熊转身逃跑，结果没跑几步就因为伤势严重，倒地身亡了。

我虽然死里逃生，并且让那头白熊付出了代价。可鸣响的枪声惊动了附近所有的白熊。它们发疯一般从四周向这里赶过来。眼看我就要葬身于此，我那聪明的头脑急速转动，很快想出一个好办法。只见我使出一名熟练猎人理所应当掌握的技能，以极快的速度把地上那头白熊的毛皮剥掉，穿在自己的身上。与此同时，无数的白熊蜂拥而至，围在我的身边，到处嗅一嗅。躲在熊皮里的我一声不吭，生怕引起白熊们的怀疑。好在我精湛的"化装"技术大显神威，白熊们显然是被我瞒了过去，将我当成了它们的同伴。毕竟，从外表上看，我和它们别无二致。尽管我的个头在白熊里并不出众，但在白熊家族里，也有体形相对娇小的成员。

就这样，白熊们忽略了地上那头被剥了皮的倒霉蛋，理所当然地把我当作伙伴。我不着痕迹地混进白熊的队伍中，学着它们的模样，努力做出各种专属于白熊家族的动作，比如，吼叫、咆哮、打闹等。虽然从表面上看我跟其他白熊没什么区别，但我的内心依然铭记着自己人类的身份。此刻的我一边与白熊们打得火热，一边盘算着怎么利用白熊们才能让利益最大化。

忽然，我想起过去遇到的一位老军医。依照他的说法，人类的身体很脆弱，尤其是我们的脊柱。一旦脊柱受伤，一个人就很容易死去。想到这儿，我决定试试老军医教授的办法。我悄悄把那把小刀握在手中，悄无声息地接近那里最大的白熊，趁其没有防备，狠狠将小刀扎进它的后颈。先生们，你们无法想象我当时到底有多么紧张。因为这是一场非常惊险的冒险。我的计划一旦失败，等待我的只有死路一条，而且还是非常惨烈的那种死法。不

过，我的运气还不错，那头白熊甚至都来不及发出声音，就这样默默倒在地上死去了。看来，计划成功了！既然这样，我把心一横，决定对在场的所有白熊执行猎杀计划。

接下来，我一次又一次重复着"将小刀刺进后颈再拔出"的动作，一头头白熊无声无息地倒下。我的行动越来越熟练，猎杀的速度也越来越快，很快就有近半的白熊死在了我的小刀下。不过，令我感到惊讶的是，白熊们似乎对周围发生的事毫不知情，或者说漠不关心，没有一头白熊去关注死亡的同伴。不得不说，这对我来说算得上是一种幸运。最后，我杀掉了冰山上的所有白熊，并从船上请来三位同伴，合作将白熊们的毛皮剥掉，然后在船舱里腾出空间，花了几小时将熊皮与熊腿一块儿运回船舱。因为船舱堆满了，所以我们在出发前只好把白熊们剩下的部分扔到海水里。这令我感到很惋惜。要知道，如果能把剩余的熊肉腌渍好，也将是绝佳的美味，丝毫不比熊腿肉逊色。

送给女皇的熊皮礼物

　　航行结束后,我们满载而归。等船只刚靠岸,我就迫不及待地把几条熊腿赠送给隶属于海军的各位爵士,还有财政部的那些爵士老爷。这并不是我自作主张,一切都是以船长的名义赠送的。当然,我也没有忘记自己的那些熟人和朋友,像伦敦市长、市议员、各位知心好友等,他们都收到了我赠送的熊腿。最后剩下的小部分熊腿,我把它们送给了一些商铺及民间团体。所有收到礼物的人都很高兴,他们向我和船长表达了由衷的谢意。连市政厅也决定投桃报李,邀请我每年以特邀嘉宾的身份,参加市长选举日时由市政厅举办的宴会。

　　你们可能会感到疑惑,既然我把熊腿都分发了出去,那剩下的毛皮该怎么办呢?事实上,我之所以留下那些漂亮的熊皮,是打算将它们赠送给地位崇高的俄国女沙皇。这些熊皮质量上乘,可以加工成名贵的毛皮大衣,完全能作为贡品送到女皇的宫中。

　　女皇在收到我的礼物后十分开心。为了向我表达谢意,她还写了一封亲笔信,派使者转交给我。我收到信,打开阅读以后,惊讶地发现女皇竟然在信里邀请我去俄国,要跟我举行婚礼,一起分享至高无上的皇权。老实讲,女皇的"回礼"确实让我很意外,但我志不在此,所以在交给特使的回信里婉拒了女皇的宠爱。但没过多久,我收到了女皇的第二封信。在信中,她大胆向我倾诉火热的感情。不过我对此依然婉言谢绝。后来,热情的女皇被冷酷的我伤透了心，不得不放下身份，与多尔戈鲁基侯爵洽谈婚姻大事。好吧，虽然我清楚女士们怎样看待这件事，但我想说，俄国女皇并不是唯一想跟我分享皇位的女人。

熊将军来了

亲爱的朋友们！你们还记得那位掀开银质头盖骨来挥发酒气的老将军吗？接下来，我要讲述的故事就和老将军有关。

当年俄土战争爆发时，年迈的老将军回到军队担任指挥官。有一次，老将军率领军队在临近土耳其边境的城市附近驻扎。巧合的是，我与手下的轻骑兵也在附近的村庄里屯驻。当然，那时的我对此还并不知情。

某个休息日的清晨，我早起外出时，偶遇一名驱车前往森林捡果子的农夫。我瞧见以后，心里跃跃欲试。于是我向农夫提出同去的请求。农夫很热情，拍着胸脯邀请我一块儿上车。就这样，我们坐着马车来到森林深处，一同捡了不少果子。突然，一阵熊吼声在附近响了起来。我和农夫抬头一看，发现一头巨熊正在笨手笨脚地朝车上爬去，准备吃些果子。

农夫看得目瞪口呆，我却懊悔地拍了下脑子：我忘了把猎枪从车上拿下来！此时，巨熊已经用前爪从布袋里掏了一把果子，愉快地往嘴巴里塞去。在它的旁边，我的猎枪正静静躺在车上，一动不动。

负责拉车的马应该也感受到了巨熊的存在，表现得十分激动、不安，不

时用马蹄刨着地面，身体一会儿向左扭，一会儿向右歪。农夫看到爱马的动作，立刻反应过来，用当地的土语大声喊了一句："驾！"话音刚落，那匹骏马像是听到发令枪一样，迈着矫健的步伐，快速朝大路跑去。车上的巨熊感受到周围场景正在快速变换，发现自己竟然没法下车了。它的情绪变得暴躁起来，开始焦急地吼叫。骏马听到巨熊的吼叫声，跑得更快了。就这样，一匹惊马拖着一头咆哮的巨熊，像一股迅猛的风，朝着军队驻地一路狂奔。

  值得一提的是，当天是老将军要去军队检阅的日子。此时，提前收到消息的将领们已经命令部下全副武装，严阵以待。一旁的小城里，许多官员、士绅及群众也围过来凑热闹。这时，远处的大路尽头卷起一片烟尘。翘首以待的众人还以为是老将军到了，纷纷做好迎接的准备。

  眼看飘散的尘烟越来越近，负责迎接活动的指挥官把手一挥："将军到！"与此同时，准备多时的军乐队吹奏起嘹亮的俄国国歌，人们激烈地挥

动着旗帜,一起大声喊道:"将军万岁!"数千人的声音如同山呼海啸,直上云霄,响彻天地。

  倒霉的惊马在众人惊讶的目光中狠狠地摔倒在地上,连带着站在车上的巨熊也坐了下来。此时,它闭上嘴巴,用惊奇的眼神扫视周围。在它们身后,是我和农夫狼狈追赶的身影。我竭尽全力朝马车跑过去,农夫气喘吁吁,被我远远甩在身后。等我好不容易跑到马车跟前,也顾不上跟人们解释,就提起巨熊的尾巴,把那头惹祸的蠢熊往地面狠狠一摔,将它的脖子和肋骨摔断了。欢迎的军乐声戛然而止,指挥官看清我的脸,忍不住惊呼起来:"敏豪森男爵?将军在哪里?"对此,我苦笑着说:"抱歉,这里只有熊和松果!"说完,我硬着头皮,在所有人惊疑的目光中,深施一礼,向他们解释了事情的来龙去脉。在场的人们谁也没想到会发生这种事,大家面面相觑,沉默不语。

随着时间的推移，听众们的笑声与欢呼声慢慢变得低沉。男爵决定结束今晚的故事。他向听众们鞠了一躬，以此来宣告今夜故事的完结。临走前，男爵补充了一句："我听说为了惩罚巨熊假冒将军的行为，人们剥掉了它的皮，把它做成了标本，并在基辅展出。以后你们当中要是谁有机会去基辅，一定能在那儿的博物馆看到它。"

第九次航海冒险：好鼻子的猎犬

可能是在陆地上长大的关系，我很热衷于出海旅行。记得有一次我与哈密尔顿船长一块儿乘船出海，向东印度出发。

因为临行前的准备时间比较宽裕，我把自己养的短毛大猎犬带到了船上。我给猎犬起名叫特雷，它是优秀的忠犬，忠诚英勇，永远不会背叛我。在航行途中的某天，我们距离陆地还有数百千米的时候，特雷突然"汪汪"叫了起来，而且一叫就是一个小时。我立刻明白，狗狗应该是察觉到了什么。于是，我把这件不寻常的事情报给船长及船员们。大家都觉得狗叫是一件很普通的事，没必要小题大做。但我坚持认为，特雷一定是嗅到了野兽的气味，否则不会表现得这样狂躁，我们应该马上靠岸。

船员们对我的警告不屑一顾，而我也对他们的无知感到十分恼火，我们之间的交谈充满了火药味，迫使船长不得不站出来做"和事佬"。最后，我再三向船长保证，特雷是一条优秀的狗狗，它敏锐的嗅觉不会欺骗任何人。为此，我跟船长说："如果我跟特雷在半小时内找到野兽，那么你们就输给我们一百蒙尼。"这正好和我们的旅费价格一致。船长听完哈哈大笑。就像我信任自己的狗狗一样，船长很相信手下的船员们。他还把船上的医生克劳夫特先生叫来，让他给我诊脉，看看我是不是精神出了问题，竟然会跟他说这种必输无疑的话。毫无疑问，克劳夫特先生什么问题也没发现。随后，船长跟医生当着我的面窃窃私语起来。他们以为我听不到，但我必须承认，我的听力很好，已经把他们的对话听得七七八八了。

船长小声嘀咕："医生，你确定没问题吗？可我愿意用自己的荣耀立誓，他的脑子保准有什么毛病，否则也不会这样说。"

克劳夫特先生却反驳了船长的话："哈密尔顿先生，我对自己的医术很有信心。他确实没什么问题，精神方面也很正常。我想他应该是更信任自己爱犬的鼻子，不愿意相信船员们的判断。我支持这件事，就算他输了，也是自己活该！"

善良的船长心里有些过意不去，委婉地说："好吧，你说的有一定道理。可我觉得如果真的应下这件事，对我而言显得有些卑劣了。不如这样，一会儿我胜出了的话，再把赢来的钱毫厘不差地还给他，那么一定会显得我很有风度。"

我对他们的窃窃私语很快没了兴致。因为我发现特雷丝毫没有受到我们争吵的影响，一直待在原地，精神高度紧张地紧紧盯着远方。对于特雷这样的表现，我更加坚信它一定发现了什么。

　　很快，船长和医生商量完毕，我再一次跟船长提起这件事，最终得到船长的应允。就在我们一拍即合，准备行动的时候，固定在大船后方的长船上，几名水手嚷嚷起来："我们抓到了鲨鱼！"好吧，看来我已经赢了。很快，我们见到了水手抓住的鲨鱼。它此时已经被开膛破肚，胃里竟然装着十多只活山鹑！看得出来，它们已经在鲨鱼的肚子里待了很久，以至有一只母山鹑都开始孵蛋了。没一会儿，一只年幼的山鹑破壳而出。我们把它放到一窝幼猫的窝里，希望老猫能够喂养它。也许是母爱的关系，老猫对幼小的山鹑十分关爱，明显也把它当成自己的孩子了。尤其当小山鹑在猫窝外闲逛，没有及时回窝时，老猫会表现得非常不安。

　　在剩下的山鹑里，还有四只雌性。它们很快也开始产卵，而我们也因此能在航行时品尝到鲜嫩的美食。为了向帮我赢得一百蒙尼的特雷表达谢意，我每天都会奖励它吃山鹑骨头，甚至有时会给它吃一整只山鹑。

墨西哥湾的温暖洋流

　　我们的航行如期结束，并踏上返回欧洲的归途。这天，我们的船只绕过好望角，来到圣赫勒拿岛附近的海域。我向船长请求到岛上去看看。船长不明白我为什么要去那儿,我实话实说:"我想去看看那座岩石岛。"慷慨的船长答应了我的请求,同意在圣赫勒拿岛登陆。老实讲,这座岩石岛很普通。但我依稀觉得,圣赫勒拿岛总有一天会被认定具有某种政治意义。至于是什么样的政治意义,这个我说不上来,或许等到将来,在座的某位年轻人可以知晓答案。

过了一阵,我们在岛屿附近和一艘英国船不期而遇。双方在通报了船号和姓名后,对方的船长兴高采烈地到我们的船上做客。因为他和哈密尔顿船长是老相识。几个小时后,那位船长离开了。我的一位表哥找到我,希望我们能改变航向。因为他临时接到一项秘密任务,要给驻扎在西印度群岛的英军司令送信。

我对绕路表示双手支持。因为我早就想见识一下传说中神奇的墨西哥湾暖流了。不得不说,那儿的气候真是暖和极了,海水被阳光晒得滚烫,都能直接把鱼或者鸡蛋煮熟。我们在暖流里航行,周围活跃着各种各样的海鱼。我们忍不住在船头钓鱼或者用渔网打捞。结果这些海鱼一离开海水就变成了熟食,吃起来美味极了!

不过我无法理解,既然已经是熟鱼,为什么还能在滚烫的海水里游动呢?后来我们才想明白,因为海水是慢慢变热的,所以海鱼习惯了这种匀速的升温。可如果直接暴露在空气里,高温就会侵入鱼的身体,把它变成好吃的熟鱼。虽然听起来有些离谱,但仔细想一想,也没什么奇怪的。

高空惊魂

朋友们，你们还记得我之前讲述用鸟枪打下气球的故事吗？

其实，在这之后，我还有过一次差不多的经历。现在，我想把这件事同大家说说，顺便向你们普及一下人被炽热阳光长时间照射会导致什么样的后果。

我记得当天正好是土耳其的某个节日，我在海边划着一艘小船，抬头发现天边飘着一个模糊的小点。好奇的我拿起猎枪试着开了四五枪，结果一枪没中。随后，我又往猎枪里装了比原来多五倍的火药，又新填了三颗子弹，扣动了扳机。"轰"的一声，强劲的枪子儿如同炮弹一般射向高空，而我也被强大的后坐力顶翻了。我躺在船底晕头转向，过了好一会儿才爬起来。这时，我看到那个神秘的小点正在快速降落，原来是一只巨大的气球。

这只大气球太壮观了，甚至比君士坦丁堡的大清真寺圆顶还要大得多。而它刚刚飞得实在太高了，因此在我看来只是一个小点的样子。大气球下方挂着一艘小船，

跟我的船差不多大。大气球最终还是落在了水里，并且发出一声震耳欲聋的巨响，在海上掀起了一阵巨浪。事后，我听说当时的声音传遍了整个君士坦丁堡，海浪甚至波及了亚洲海岸。这让我不由得感到庆幸，还好大气球没有砸在我的船上。

　　当翻涌的海浪慢慢平息之后，我划着小船凑了过去，想看看有没有需要帮忙的地方。我在大气球下方悬挂的小船里发现了一个瘦弱的英国男人，并搭救了对方。男人把我视作他的救命恩人，然后自我介绍说自己叫史密斯，是一名飞行员。五天前，他和两名伙伴从纽约出发，乘坐这只大气球，想要前往尼亚加拉瀑布游玩。但计划没有变化快，当史密斯他们坐着大气球飞行一段时间后，高空突然出现一股强劲的气流。就这样，他们被气流裹挟着偏离了原本的路线，一路向大西洋飞去。屋漏偏逢连夜雨，三个倒霉蛋刚想拉住绳子，打开大气球活门，绳子就突然断了。他们没办法给大气球放气，错过了在美洲陆地降落的机会。为了自救，史密斯提议在大气球彻底飘进海洋上空之前，用预先准备的大降落伞逃生。不过，降落伞只有一顶，高尚的史密斯将生存的机会让给了伙伴。于是，他的两名伙伴成功在纽芬兰岛安全着陆，而他只能继续随风飘荡。当时，史密斯在内心乞求，希望这股气流能把他安全地带到欧洲大陆，那样他还有逃生的机会。几天后，精疲力竭的史密斯快要绝望了。就在这时，我射出的子弹成功地在大气球上开了一个小口，内部的气体顺着小口泄出，瘪掉的大气球终于降落了。

史密斯为了感谢我的救命之恩，表示愿意把大气球送给我。不过，我婉言谢绝了他的谢礼。毕竟我要一个坏掉的气球有什么用呢？

史密斯很倔强，他见我没有接受自己的谢礼，依然坚决地表示要答谢我的恩情。他想了想，决定邀请我跟他一起来一次短暂的空中旅行。作为一名合格的冒险家，我不得不承认，史密斯的邀请让我心动了。我欣然同意了他的邀约。不过，大气球已经被我打坏了，土耳其又没有补气球的工匠，我们该怎么飞行呢？史密斯表示这都是小问题，他自己就能补好。

果然，次日一早，史密斯告诉我，大气球已经修好，我们现在就可以出发。于是，我在他的指导下登上了大气球下方悬挂的小船。登船以后我才发现，船上还有一只外形奇特的波斯巴儿狗，这是我新朋友买来的伙伴。史密斯登船后，把系在岩石上的绳子砍断。没了束缚的大气球一飞冲天、直上云霄，这像火箭一般的速度甚至让我有些吃不消。不过，我很快适应了这种新奇的感觉。我趴在小船的边缘，探头望着下方越来越远的风景，内心激情澎湃。

当我沉浸在平常没有机会见到的美景中无法自拔时，丝毫没注意到站在我身旁的史密斯表情变得严肃起来。很快，我也察觉到氛围不对劲。跟刚才相比，现在的空气温度明显有些热过头了。我抹了一把额头上的汗水，看向一旁表情不自在的史密斯，询问他到底发生了什么。史密斯犹犹豫豫地向我讲出了实情："抱歉，男爵，刚刚我一激动，往气球里打了太多的氢气。这是我第一次飞得这么高。"

温度越来越高，我们的汗水从身体里不住地往外冒，全身的衣服先是被汗水打湿，又被高温蒸发，在表面结了一层厚厚的盐渍。我想到家里的温度计，如果在这样酷热的天气里，一定会坏掉吧。

我们头顶的大气球还在膨胀，一边发出古怪的异响，一边继续以极快的速度升高。"我们现在升得有多高了？"我擦了一把汗水，疑惑地问。

"按照我的经验判断，起码已经有几十千米了。"史密斯面色凝重地说，"天气之所以这么热，是因为我们距离太阳太近。而且你现在俯瞰地面，看不到高山，看不见深谷，这就是我们飞得太高的证明。"

我建议把活门打开放气，让大气球飞低一些。可万万没想到，史密斯尴尬地告诉我，气球活门又出问题了。他刚才拉了好几次连接活门的绳子，一点儿作用也没有。

难道我的人生就要这样结束了吗？正当我的内心一片绝望时，那只史密斯买来的狗突然站起来疯狂大叫，叫声格外惨烈。没过一会儿，稀薄的空气让狗狗的叫声越来越小，慢慢变得有气无力。到了后来，连我们也因为缺氧而发不出声音，彼此交流只能靠手势。

史密斯不想坐以待毙，他仍然在用力拽动那根连接活门的绳子。我看着他的动作，以为是他力气太小的关系。于是，我满怀信心地从他手里接过绳子，然后使劲一拽。"嘣"的一声，我的身子向后一仰，狠狠坐在了船底。原来，我刚刚用的力气太大，气球活门纹丝未动，绳子却被我拽断了，以至我因为惯性，毫无防备地摔倒了。而史密斯买来的狗已经死掉了。因为我乱来的行为，我们又一次陷入了绝境。炎热、饥渴，我实在不想形容当时的感受，那是我人生中从未有过的痛苦经历，只能说生不如死。

因为太过炎热,我们喝光了船上所有的水,一滴都没有放过。喝完的空瓶子被我们直接撇到外面。这时的我无比渴求水源,甚至发誓无论是谁,只要能让我喝水喝个够,我就愿意向他效忠。我有气无力地抬起头,发现瘦弱的史密斯快要挺不住了。我慢吞吞地爬到他的身边,感受到他微弱跳动的脉搏,绞尽脑汁想救他一命。

我的目光到处巡视,最后落在了那条死去的狗狗身上。我在心底哀痛地向它致歉,同时手中拿起猎刀,划开小家伙的毛皮,从伤口挤出了几滴血,迅速用手接住珍贵的血滴,涂在史密斯的脸颊和胸脯上。湿润的血水虽然没能让史密斯醒过来,但他的脸色比之前好了些,呼吸也渐渐稳定有力了。然后,我又用猎刀把可怜的狗狗的毛皮剥掉,切开一部分动脉,将流出的血水涂满史密斯的整张脸。我还往他的嘴里滴了几滴血。此时的史密斯看起来吓人极了,脸上、胸膛上全都是鲜红的狗血。好在这些狗血救了史密斯的命,他总算醒了过来。

然而,这并没有让我们感到心情放松。因为大气球还在升高呢!我们意识到,不能再让大气球继续上升了,否则我们都会被太阳烤成焦炭!我不再犹豫,抄起装满子弹的猎枪,瞄准气球开枪了。但我没有听到响声,因为高空的空气实在太稀薄了,猎枪的子弹无声无息击中了气球,许多气体从子弹射出的小孔跑出去了,漏气的大气球终于开始下降!周围的气温也在一点点回落。

可另一个问题又出现了。我们明显感受到身体的饥渴,但周围已经没有一点儿能喝的东西了。当我感到一筹莫展,忍不住擦拭额头的汗水时,忽然察觉前额表面被烫出一个巨大的水泡。于是我灵机一动,用猎刀把大水泡挑破，水就这样顺着我的脸流了下来，瞬间让我体会到清凉的感觉。我伸出舌头，把从脸上流下来的水喝进肚子里，满足地点点头。虽然味道不怎么样，但暂时解了燃眉之急。很快，我的肚子叽里咕噜响了起来，它在提醒我应该用餐了。可我环顾四周，什么食物也没发现。对了，船上还有一条死狗。虽然有些不忍心，但腹中饥饿的感觉犹如火烧火燎，我最终还是没忍住，对狗狗下手了。当我割下一块狗肉，把它放到嘴里时，我惊喜地发现，原来之前的高温已经把狗肉烤熟了！而且吃起来味道好极了！希望各位先生能够理解我们，毕竟当时处于那种恶劣的环境，哪怕面前没有狗肉，我们也会想方设法弄些食物充饥，比如苍蝇之类的。

过了一会儿，急速降落的气球挂在了一棵高大的枣树上。谢天谢地，我们不仅吃上了狗肉，还能在落地的第一时间吃到小点心！这些枣非常可口，我们俩都吃了很多。填饱肚子以后，我们顺着枣树向下爬，最终回到了地面。为了整理一下狼狈的形象，我们在附近找了一汪泉水，先是咕嘟咕嘟喝了几大口解渴，然后又认真地洗了把脸，尤其是史密斯，他脸上的狗血实在太有碍观瞻了。

死里逃生的我们感到十分疲惫，于是不管三七二十一，直接躺在泉水旁的苔藓上呼呼大睡。次日早晨，一支阿拉伯商队路过这里，我们被嘈杂的声音吵醒。我同商队的人仔细打听了一番，发觉我们现在正位于阿拉伯沙漠里的绿洲中。之后，我们决定到耶路撒冷去见见世面。途中，商队里的医生替我割掉了脸上的水泡皮。等到了耶路撒冷，我托人用这些水泡皮做了一双鞋。它的质量非常好，哪怕过了十一年，依旧没有被我穿坏。那双鞋现在就在我的家里，你们要是有时间可以到我家来见识一下。

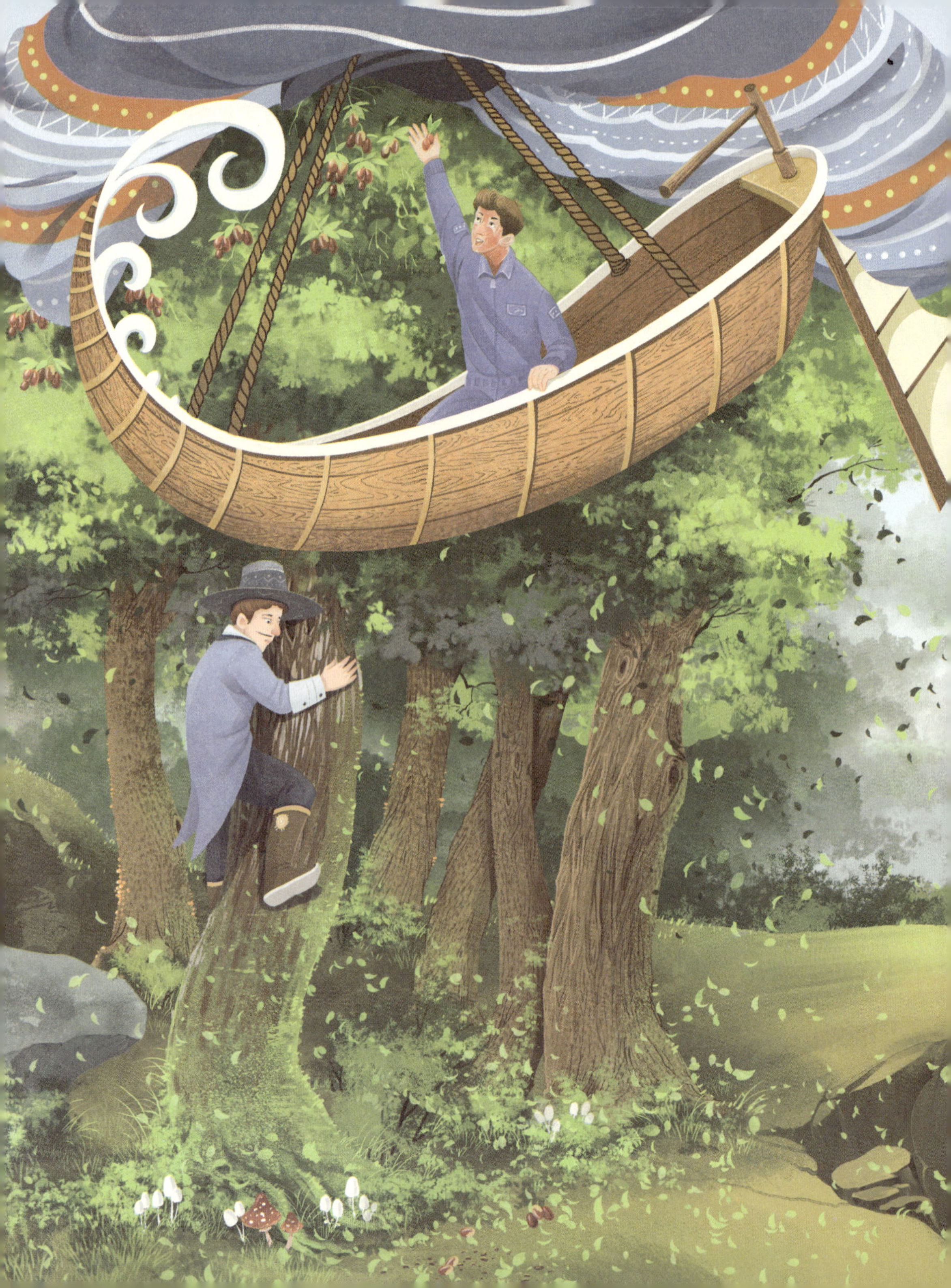

哦，这个话题讲得我口干舌燥。我又想起了那个糟糕的日子，以及无比炎热的阳光。拜托，请再给我来一瓶酒，我需要润润嘴巴。

第十次航海冒险：重温月球之旅

亲爱的朋友们，不知道你们是否还记得，我从前沦为土耳其奴隶时，为了捡回丢失的银斧子，不得不跑到月亮上逛了一圈。那次的经历其实很危险，稍有不慎，我就会丢了性命。后来，我又机缘巧合地去了一次月球，并且在上面停留了很久。不过，那次的旅行方式很轻松。接下来，让我向大家讲一讲我的第二次月球之旅吧！

事情还得从我的一位远房亲戚开始讲起。他的头脑灵活，想象力非常丰富，对各种稀奇古怪的事情都很感兴趣。有一次，他的脑子里突然闪过一个离谱的念头，他觉得世界这么大，说不定存在一个十分强大的种族，远比格列佛在巨人国里遇到的那些家伙更强大，更可怕。为了寻找这些虚无缥缈的种族，他觉得有必要进行一次探索之旅。随后，他一面立下遗嘱，选择我成为他遗产的继承人，一面主动邀请我加入他的探险队。虽然我对他的胡思乱想不怎么感兴趣，但碍于情面，我决定陪着他胡闹一次。没准到时候什么都没找到，他就死心了呢？

在一切准备妥当后，我们选了一个万里无云的好天气，从港口坐船出发，踏上前往太平洋的探索之旅。在旅行最开始的几天，我们的运气还算不错，海面风平浪静，旅途十分顺利。我站在甲板上，张开双臂，闭上眼拥抱着美丽的大海。我非常享受现在平静的休闲时光，没事散散步，看看风景，再找亲戚聊聊天，这样的日子如果能一直保持，该有多么安逸啊！我望着半空中几名做出各种高难度动作的滑翔爱好者，在心里祈祷着，希望天气一直晴空万里。

但毫无悬念，我的祈祷并没有被神明听到。在出海的第十八天，我们与一场史无前例的风暴不期而遇。狂暴的龙卷风将船只抛向数千千米的高空，并在这样的高度保持了很久。这时，我突然意识到，在大自然面前人类是多么弱小啊！不知过了多久，昏昏沉沉的我们忽然感受到飓风的消失，一阵清风吹来，把船上的帆吹得鼓鼓的。我们的船乘着这股清风，以快到极致的速度继续向上空飞去。最后，我们在空旷的云层上飞行了一个多月，直到一块银光闪烁的圆形陆地出现在我们面前。我们欣喜若狂，连忙操纵大船朝银色陆地的方向落下。船悄然落在一处幽静的港口，我们弃船上岸，准备寻找原住民的帮助。

突然，亲戚惊呼一声，指着下方让我看。我连忙低头一瞧，忍不住打了个激灵。原来，在我们的下方，一颗水蓝色的星球正在默默转动。上面有许多眼熟的城市、高山和河流，我的脑海里冒出一个古怪的念头：那不会是地球吧？莫非我们现在脚下的银色陆地就是月球？对，只有这种可能，我们才能以这种视角看到地球。

很快，我的猜测得到了证实。一个长着三颗脑袋的壮汉正骑着一只巨大的猛禽自由翱翔。显然，不管是人还是鸟，都不属于地球上的物种。放眼望去，像这位壮汉一样的人还有很多，看来他们就是月球的居民了。我发挥自己娴熟的外交能力，没花费多大力气，就跟这些人打成了一片，并从他们那儿打听到不少消息。比如，他们确实是月球的居民，而且国王马上要率领他们跟太阳开战。后来，国王赏识我的才干，准备封我官职，但我没有接受这样的荣誉。

因为我上次到月亮上很匆忙，所以这次我决定好好参观一下。月球上的东西都很大，连一只普通的苍蝇都有绵羊那样大。这儿的萝卜非常锋利，杀伤力很强，是月球人保家卫国的武器。当蘑菇被打磨好，就能成为他们的盾牌。值得一提的是，等到过了萝卜的生长季，他们会把芦笋秆作为新的武器。

天狼星原住民

月球的文明很发达。尽管他们还在使用冷兵器，但他们的文明发展一点儿也不比地球上的国家逊色。而且月球还比地球多了一个优势：那就是这里更接近辽阔的星空和星空深处的文明。许多来自其他星球的居民都会到月球来旅游、经商。这种事情在月球上很常见，起码从我在月亮上停留的这段时间算起，我就见过了不少怪模怪样的外星来客。他们的模样千奇百怪，习俗五花八门。但其中让我印象最深刻的天外居民，是一群从天狼星来月球经商的太空原住民。

如果按地球的说法，那些家伙应该是"天狼星人"。可他们从不这样称呼自己。据我所知，他们自称为"熟透的生物"，这好像是因为他们平时也用火烹煮食物。天狼星人长相奇特，光看脸的话，很像地球上的大斗牛犬。当然，他们的智商很高，要比地球上的犬类生物聪明得多。他们的眼睛长在接近鼻子的下方，双眼没有眼睑，睡觉时没法像我们一样闭上眼睛。不过，这对他们来说并不算难题，他们会用自己的舌头把双眼盖住。他们都是大块头，身高在六米左右，但要远远矮于月球人。月球上最矮的人也不会低于十米，全都是了不得的巨人。

天狼星人的饮食习惯跟地球人很像，但进食的速度要比我们快多了。一开始，我并不清楚为什么。直到有一次，我亲眼看到他们打开身体左侧的门，然后把美味的食物一股脑倒进胃里，最后再把门关上，就这样完成了用餐。而且，他们还有一点跟地球人不同，他们每个月只吃一次饭，一年只吃十二次，而且用餐时间是固定的。这种不沉溺于饮食享乐的习性让我叹为观止。很明显，他们对待食物的态度比我们更理智。

月球生物的秘密

天外生物的一切都让我感到着迷。我如饥似渴地学习着所有跟他们有关的知识。据我了解，天狼星人似乎对爱情懵懂无知，而月球上的动物们也都是单个性别的。那么他们是怎么繁衍生息的呢？我对此十分好奇。

根据我的观察，天狼星上的树木非常神奇，所有的东西都是从树上长出来的。这些树的外形、大小和叶子形状都有很大差异，长出的果实也各有不同。经过调查，我发现天狼星人是从一种外表鲜艳美丽的树上长出来的。这种树高大笔直，树叶跟人类皮肤的颜色差不多，结出的果实有着非常坚硬的外壳。当果实长到两米左右，基本就到了成熟的时刻。这时，人们会仔细辨别果实的颜色，然后小心翼翼地将它们从树上摘下来。因为它的外壳太坚硬，所以需要放置一段时间，直到变得容易打开为止。如果需要从果实里孵化出"熟透的生物"，还需要把果实放到沸水里煮，等到几小时后，天狼星人就会破壳而出。

天狼星人在出生以前，未来的职业、人生的道路就已经被某种特别的自然规律确定好了。比如，第一个果实会孵出一名军人，第二个果实会跳出一名哲学家，第三个果实会钻出一名神学家，第四个果实会蹦出一名法学家，第五个果实会冒出一名农民，等等。他们出生以后，就会自动按照各自的职业分工来做事。当然，在他们出生前，也只是从理论上明白各自的任务，毕竟隔着坚硬的外壳，没人知道他们是怎么做到这些事的。曾经有一位来自月球的神学家，自称能够隔着果实外壳破解内部的秘密，但并没有人相信他。

天狼星人上了年纪以后，不会默默等待衰老、死亡的到来，而是选择"主动出击"，化作一缕烟尘飘散在空气中。最后，尘归尘，土归土。

这些"熟透的生物"还有一个最大的特点，那就是他们的一生从来不喝水。他们会把体内的水分锁死，除了偶尔因为呼吸排出一部分，剩下的水分完全不会流失。值得一提的是，他们虽然长着两只手，但每只手只有一根手指，而且非常灵活，远比人类的手更加灵巧。

天狼星人的头长在右胳膊下方，这就导致他们在外出做事时，常常要使劲挥舞胳膊。更让我感到吃惊的是，他们的胳膊可以随时从身体上摘除，就算把胳膊放在家里，人来到屋外也没有关系。而且我发现这儿的人都喜欢用这种"分身"的方法，让身体待在家里，只派头出去，用匿名的身份去打听消息，然后再根据本人的意愿，带着对方想要知道的情报回到家中。

　　月球上还有很多让我感到新奇的地方。比如，这儿的葡萄核和冰雹很像。因此，我有时会异想天开，猜想会不会是狂风把月球上的葡萄吹落，掉到地球上才形成了冰雹。我甚至觉得地球上的葡萄酒商早就知晓这个秘密，要不然我怎么总是喝到像是用冰雹制成的葡萄酒呢？而且味道偏偏和月球上的葡萄酒一样。

　　还有一件事，月球人的肚子很特别，虽然看起来和地球人差不多，但月球人可以随心所欲地把肚子打开、关闭，把需要的东西尽情装到肚子里，而且和身体里的内脏秋毫无犯。不光如此，月球人的眼球也是可以随意拆卸的，完全不会影响看东西。就算他们因为意外导致眼球丢失，也可以从别处购买一只装回眼眶里。月球的眼球贸易很常见，每个人都对眼球颜色有着"别出心裁"的审美，经常根据流行趋势变换眼球的颜色。

　　我的话听上去很疯狂，但这些事都是我在月球上的亲眼所见。如果大家感到怀疑，将来有机会你们可以去月球上瞧一瞧，就知道我有没有说谎了。

跨世界的奇妙冒险

　　室外明明正是数九寒冬、滴水成冰的时节，小酒馆内的气氛却异常火热。对于百无聊赖的酒馆常客们，他们最期待的就是"明星"敏豪森男爵大驾光临，然后以优雅的姿态，将他过去那些不可思议的冒险经历对听众们娓娓道来。这样，既丰富了大家的见闻，也打发了时间，不至于让酒馆的氛围太无聊。当然，其间也有一些自诩见多识广的"清醒"听众，斥责男爵胡说八道，大言不惭地指责他吹牛。但这样"清醒"的人并不适合待在这家酒馆。因此，他们的结局要么拍案而起，负气而走；要么就是被其他听众推搡出去。通常情况下，仁慈和善的敏豪森男爵不会责怪那些冲动的年轻人，但他也有愤怒离席的时候。不过，即便是生气了，和蔼的男爵隔段时间也会回到小酒馆，对着他的忠实听众们，继续绘声绘色地讲述新的冒险故事。

　　刚刚，男爵把自己在月球上那段疯狂的经历讲完，台下的听众们听得如痴如醉，纷纷沉浸在离奇的故事中无法自拔。看到大家为自己的经历沉醉、着迷，男爵显得异常兴奋。他拿起酒杯，优雅地抿了一口，温吞的酒水滋润了男爵的嘴巴和嗓子。他从座位上站起来，端着酒杯走到围坐的听众们旁边，笑呵呵地说："亲爱的朋友们，我很高兴你们如此满意我的冒险经历。本来今晚我是想将第二次的月球之行作为完结篇的，但看到你们这样热情，我改变了主意。接下来的时间，我希望大家能打起精神，竖起耳朵，认真听我讲完。我待会儿要讲的故事都是发生在我生活里的事情，我可以保证，它的真实程度丝毫不亚于我刚刚讲的月球历险。而且它的有趣和奇妙程度更在月球旅行之上，请大家侧耳倾听。"

我在埃特纳火山的冒险之旅

我曾经拜读过大作家布莱顿的一本书。那是他从西西里岛旅行归来后撰写的。通过这本书，我对西西里岛的风土人情有了初步的了解，并且萌生了想要去埃特纳火山旅游的想法。想到就去做，这是我的优点。于是，我很快踏上了前往埃特纳火山的旅程。

一路上风平浪静，我没有遇到任何值得记录的有趣的事情。为此，我感到有些气恼，内心不由得对那些为了骗取游客前来观光，而故意编造故事的人讨厌起来。而我也不想胡编乱造一些子虚乌有的奇闻，来博取听众们的眼球，那样是对我和对听众们的羞辱，我不屑这样做。很快，我平安无事地来到目的地——埃特纳火山。在用了几天时间养精蓄锐后，我在一天清晨，从山脚下的旅社出发，向着大名鼎鼎的埃特纳火山进发。

这里人迹罕至，荒无人烟，道路异常崎岖艰险。但我可是一名合格的冒险家，怎么会半途而废呢？三个小时后，我咬着牙总算爬到了山顶。那时，埃特纳火山已经持续喷发了三个星期。在这之前，我已经从别人口中知晓火山喷发时的壮丽场景。而且也一定有很多人把火山喷发的景象栩栩如生地描绘了一番。因此，我就不在这里多加赘述了，以免有人觉得我拾人牙慧，是

一名欺世盗名的"小偷"。

  我顶着酷热的高温走到火山顶,并且绕着喷吐热气的火山口走了几圈,越发觉得它有些像巨大的漏斗。火山喷发的自然奇迹在很多人看来十分可怕,但我的内心鼓起了无所畏惧的勇气。于是,我纵身跳下火山口,炽热的空气灼烧着我的身体,我仿佛掉进了蒸笼一样。我在火山里迅速下降,滚烫的石块把我砸得遍体鳞伤,我迷迷糊糊的,感觉全身上下快被烤焦了。

我在火神的宫殿

在重力的作用下,我一往无前地朝火山底坠落。另外,由于身上堆积了太多的石块、煤炭,我掉落的速度变得更快了。当我有惊无险地摔在火山底部时,四周便传来吵闹与咒骂的声音。我挣扎着坐起来一看,发现周围竟然是火神与可怕的独眼巨人!我从他们的争吵中得知,他们早就从原来的故乡被流放到谎言国。而这段时间以来,他们一直在为一些问题争论不休。当我从天而降,大家的注意力都被我夺走了,吵闹的场面一下子安静下来。不过,善良的火神注意到我的伤势,于是跛着脚走到柜子前,取出药膏为我涂抹。神奇的事发生了,我的伤口居然一下子痊愈了。接下来,热情的火神让我体验了一把"衣来伸手,饭来张口"的生活。在他的帮助下,我很快从疲惫中恢复过来。火神向我介绍了他美丽动人的妻子维纳斯,并让她为我安排好各种事情。

我们在一间华丽的宫殿里落座。火神知道我是来冒险的,于是热情地向我介绍了埃特纳火山的真相。我从他的口中得知,埃特纳火山是由海量火山灰堆积形成的。而这些火山灰其实是从他们的烟囱里飘出去的。就连我们以为的火山喷发,实际上也是他们的争吵导致的。此外,火神还告诉我,在著名的维苏威火山内,有一家属于他的工厂,那里跟埃特纳火山内部通过一条地道相连,位置在海下几百千米处。维苏威火山的连续喷发,也是因为火神的手下在爆发争吵后被惩罚而产生的。

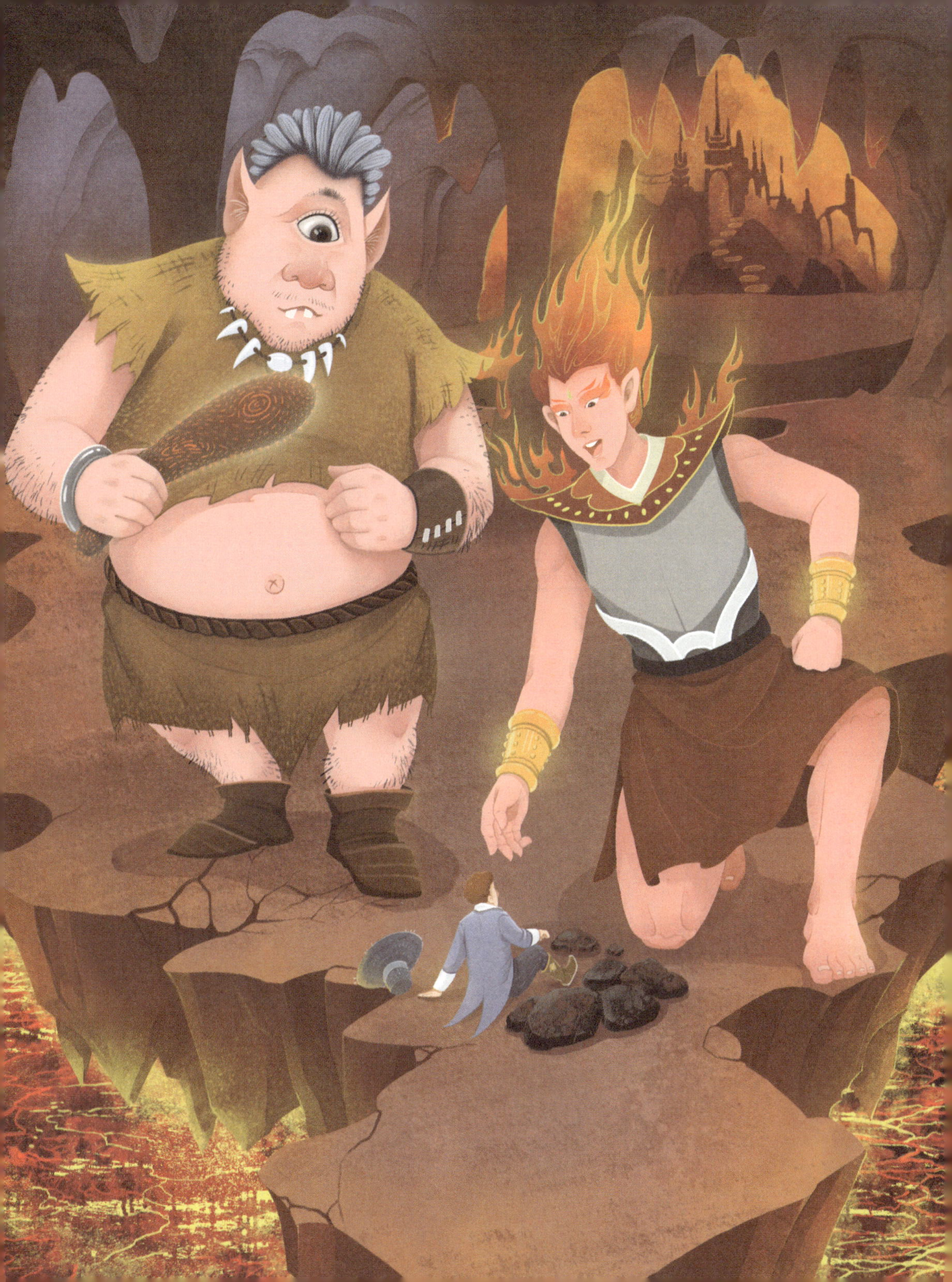

火神言谈幽默,讲话妙趣横生,我们的交往非常愉快。而维纳斯夫人的美丽更让我心生向往。当然,那只是纯粹的对美好事物的欣赏。可偏偏有那么一些无事生非的小人,在火神面前搬弄是非,诋毁我的名誉,导致火神对我萌生了妒忌的心理,否则我也不会被迫那么早离开。

我记得那是一天清晨,我像以前一样在维纳斯夫人的卧室里伺候她。结果火神气愤地闯了进来,他揪着我的衣领,不给我丝毫辩解的机会,一边斥责我的忘恩负义,一边将我扔进一口深井里。就这样,我在如同深渊的黑暗里坠落了很久很久,直到失去知觉。不知过了多久,我突然苏醒,发现自己正待在冰冷刺骨的海水里。当时艳阳高照,阳光洒在波光粼粼的海面上,此情此景看起来美不胜收。我晃了晃脑袋,把杂念甩了出去,现在可不是胡思乱想的时候。还好我年轻时也算是一名游泳健将,再加上现在风平浪静,我游起来很轻松。不过,时间一长,冰冷的海水冻得我直打哆嗦。我开始怀念起火神那温暖的宫殿了。忽然,一座巨大的冰山朝我缓缓漂来。我喜出望外,连忙爬了上去。我顾不上湿淋淋的身体,手脚并用地爬到山顶,极目远眺,想要寻找陆地或者船只的踪影,却什么都没看到。我无力地瘫坐在地上,一动也不想动。

日落月升,时间转眼来到了夜晚,我突然瞧见远处有一艘轮船正朝着我所在的方向驶来。疲惫的我欣喜若狂,在冰山上手舞足蹈,疯狂喊叫,希望轮船上的船员能够听到。功夫不负有心人,轮船向冰山靠了过来,船员用荷兰语向我问话,而我迫不及待地跳进海里,游到轮船旁边,顺着舷梯爬了上去。在船上,我问这里是哪儿,船员告诉我这是太平洋。我恍然大悟,看来我从火神那里直接穿越了半个地球,掉进了太平洋中。这是一条除我之外,从未有人尝试过的捷径!

在船员们的照料下,我很快又恢复了精神。当他们询问我怎么会流落至此时,我把自己的遭遇如实讲给他们听。不过,因为荷兰人特有的自负,他们并不相信我的冒险经历。尤其是船长,不停地朝我挤眉弄眼。我十分不高兴,但他们对我很照顾,因此我也只能独自生闷气。

我在奶酪岛探险

我乘坐着荷兰人的轮船,跟他们一起来到了风光秀丽的澳大利亚,并在这儿停留了三天。第四天,我们准备乘船离开澳大利亚。但我们在海上遭遇了恐怖的飓风,船体破损严重,甚至连重要的罗盘都坏掉了,我们彻底迷失了航向。最后,我们在海上漂泊了三个月,眼看淡水和食物所剩无几,奇迹发生了!我们居然闻到了清香的牛奶味。一开始,我们以为这是一场因为绝望而形成的群体幻觉,但我们很快注意到,原本碧蓝的海水已然变成了一片乳白色。所有人都激动地冲到甲板上,他们望着四周变了模样的景观,脸上流露出对生存的企望。过了一阵,我们的前方出现了陆地的轮廓。残破的轮船朝着陆地的方向前进,最终停靠在一处又宽又深的港口。我们伴着飘香四溢的奶香味上了岸。

可没想到,我们刚踏上陆地,一位同伴突然脸色煞白,大汗淋漓地昏倒了。我们不知所措,只能尽力抢救他。好在他很快苏醒,并且直言自己对奶

酪过敏,现在他的脚下正沾着一块奶酪,希望大家能帮他拿掉。随后我们才反应过来,我们竟然站在一大块奶酪上面!这儿是一座名副其实的奶酪岛!我们在岛屿间穿行,很快见到了这里的原住民。他们身材魁梧,虎背熊腰,所有人都长着三条腿和一条胳膊。成年的原住民脑门上还长着一只角,而且灵活自如。原住民们身怀绝技,甚至可以在牛奶表面走路或者跑步,却不会下沉。后来,我们发现这里的原住民都是靠岛上的奶酪生存的。难道他们不怕把奶酪都用光吗?据原住民们介绍,奶酪岛会自我修复,无论白天用掉多少奶酪,晚上都会长回来,取之不尽,用之不竭。

奶酪岛上不光有奶酪,我们还发现了长着葡萄的碧绿藤蔓。不过,里面的汁液是牛奶。我们恍然大悟,这才知晓为什么原住民的皮肤是那么细腻光滑了。岛上还有许多带穗庄稼,外表很像一些菌类,上面结着美味的面包,随时可以品尝。另外,我们还在岛上发现了两条葡萄酒河和七条牛奶河。

奶酪岛面积很大,我们用了十六天才走到岛屿的另一端。这里堆积着很多蓝色的变质奶酪,表面长着大量茂盛的果树,不光有桃树、杏树等常见的品种,还有一些连我也叫不上名字的种类。数不清的鸟类在果树上筑巢。它们的体形很大，我甚至瞧见了一只堪比五个圣保罗教堂顶盖大小的翠鸟！我们很好奇这么大的鸟会产多少枚蛋，于是悄悄爬到树上，探着脑袋仔细清点，发现一窝鸟巢里至少有五百枚鸟蛋，每个大小都不亚于葡萄酒桶。当我们出于好心，帮助一枚鸟蛋破壳之后，一只体形起码是正常成年猛禽二十倍的幼鸟出生了。它环顾四周，发出稚嫩的鸣叫。结果还没等我们感到高兴，庞大的翠鸟就冲了过来，探爪抓走了船长，然后把他扔到了大海里。幸好他的水性不错，很快就游回了我们的身边。我们担心会再次被大鸟袭击，于是朝来时的方向返回，但没有按照原来的路线走。途中，我们还射杀了两头怪模怪样的野牛，它们的角竟然是从两眼中间的位置长出来的。不过，后来我们才从原住民那儿得知，他们已经驯服了这种野牛，会骑着它们出行，或者用它们拉车。为此，我们感到十分后悔。

十几天后，我们终于远远看到了我们的船。忽然，我们发现前方的树林里有三个奇怪的人，他们的大腿被高高地挂在树枝上。我向他们打听发生了什么，他们说这是部落首领对这三个人说谎的惩罚。因为他们外出归来后，胡乱编造自己的旅行事迹。对于这种行为，我深表憎恶，坚持认为惩罚他们是非常正确的。

两天后，我们回到船上，离开了充满诱惑的奶酪岛。这时，岸边的树木随风摇曳，像是在向我们告别，祝福我们一路平安。最后，我们带着树木的祝福，摆正风帆，继续乘着风漂流下去了。

船被大鱼吞进肚子里

我们失去了罗盘，只能在海上随波逐流。三天后，我们来到了一片如同墨汁一般漆黑的海域。出于口渴与好奇，我们尝试喝了一些海水，才发现这里的海水竟然是非常美味的葡萄酒！

我们兴高采烈地举办了宴会，享受这难得的酒后时光。但谁也没料到，短短几个小时后，我们就陷入了鲸和怪兽的包围圈里，其中一条无比庞大的巨鱼对我们虎视眈眈。过了一会儿，它张开血盆大口，以气吞山河之势把我们的船连同海水吞到了肚子里。在路过大鱼的牙齿时，我们惊恐地发现这些牙齿锋利无比、十分巨大，每一颗都要比船的桅杆还要粗大。

我们顺着海水一路漂进了大鱼的胃部，这里风平浪静，温暖如春，要比外界舒适多了，就是空气里弥漫着一股浓烈的鱼腥味，实在令人作呕。鱼胃里漆黑一片，我们只好点起火把照明。在火光的映照下，我们发现周围散落着很多船只的残骸。在黑漆漆的鱼胃里，我们看不到太阳和月亮，不清楚时间，只知道当大鱼张嘴时，海水涌入鱼胃，我们的船被冲到风口浪尖；当大鱼排泄时，海水就会流到外面，船体也会因此着陆。这样的情况每天有两次。

我们决定不能坐以待毙。于是，等次日大鱼排空海水后，我们冒险下船，踩着鱼胃，举着火把，探索这片黑暗的国度。结果在前进的途中，不断和其他分散各处的难民相遇。最后，聚集的人群甚至达到了数万人。在这些人里，有和我们一样被吞进来不久的，也有在鱼胃里待了好几年的。我们齐心协力，共同商量怎么从这儿逃离。就在这时，大鱼喝水的时间到了，汹涌的海水倒灌进胃里，我们惊慌失措，连滚带爬地逃回各自的船上。

逃离苦海

平安回到船上后，我们开始静静等待着海水"退潮"。几个小时后，大鱼把海水排空，干燥的"地面"重新露出来，我们这些难民再次聚集到一起，我有幸被推举为众人的领袖。

在讨论怎样逃脱的会议上，我们决定把鱼胃里最长的两根桅杆连在一起，然后等下次大鱼张嘴，把这根长桅杆竖起来，顶住大鱼的嘴巴。于是，几百名强壮的汉子自告奋勇站出来，他们在有限的时间内，合力把两根桅杆拼好。与此同时，大鱼无聊地打起了哈欠，我们趁机冲到它的嘴巴附近，用桅杆的一端穿透大鱼的舌头，抵住下颌，另一端竖起来顶住它的上颌。最终，我们成功让大鱼的嘴巴没法闭合。海水顺着张开的大嘴不断涌入，我们连忙坐上各自的船只，朝着外面冲去。据后来统计，当时离开大鱼胃里的船只多达三十五艘，来自各个国家。但事后，我们没有带走那根长桅杆，有了它的支撑，大鱼再也没法闭嘴，这样可以避免将来其他船只再被吞掉。

从绝境逃出生天后，我们估算了下时间，发现已经被困在鱼胃里足足十四天了。环顾四周，我们最终根据周围的环境判断出自己正位于里海。可问题来了，里海被陆地环绕，和其他海域隔绝。既然这样，我们的船是怎么来到里海的呢？这时，船上一位来自奶酪岛的同伴提出了自己的猜测：或许那条大鱼是从海下的某条通道游到里海这儿的。他的话让所有人恍然大悟。因为这是最大的可能了。

经历了这次死里逃生，我们所有人的思想境界都仿佛升华了一样。我们不再纠结自己的行为正确与否，毕竟，还有什么事比活着更重要呢？更别说我们还去过那么多有趣的地方。当船只靠岸后，我第一个跳上了陆地。

我的驯熊技巧

谢天谢地，我总算踩在了亲爱的陆地上！我出海冒险那么多次，虽然也经历了不少危险的情景，但像这回这么惊险的遭遇还是比较少见的。尽管我是一名合格的冒险家，可并不意味着我不珍视自己的生命。毕竟这个世界上还有那么多奇妙有趣的事物等着我去探索发现呢！

从荷兰人的船上下来后，我用力踩了踩地面，深深呼了一口气。只有经常在大海上奔波的人才知道，脚踏实地的滋味是多么美妙。在陆地上，我再不用担心颠簸的海浪，不用顾虑狂暴的海上飓风，更不用直面凶悍的海洋怪兽，陆地上的一切都令我感到安宁。我决定与友好的荷兰人在此道别，到圣彼得堡去旅行。

就在我准备出发时，一头不知道从哪儿钻出来的野熊朝着我的方向冲了过来。也许你们不会相信，当我看到那头野熊时，心里第一时间涌现出的不是惊恐，而是欢喜。这么说吧，跟那条把我们吞到肚子里的大鱼比起来，浑身上下毛茸茸、张牙舞爪的巨熊如同猫咪一样可爱。而且在我的冒险生涯里，我已经成功对付了不知道多少头熊。如果有国王肯颁发"猎熊高手"的勋章，那么我敢肯定，能获得这项殊荣的人非我莫属。

眼看巨熊离我越来越近，我大笑一声，闪过它的利爪，探出双臂紧紧握住两只熊掌，并强行摇动着它们，仿佛在表示欢迎我的到来。巨熊发出无助的怒吼，努力挣扎着，却怎么也逃脱不了我的控制。最终，我们保持着这样的姿势很久很久，直到巨熊被饿了个半死。从这以后，附近的熊类全都对我有了敬畏之心，再也不敢挡在我的面前了。

奇妙的背心

在顺利解决可爱的巨熊后，我按照原计划向着圣彼得堡进发。故地重游，尤其是从海上危机逃脱后，我的心情非常愉悦。在圣彼得堡，我与一位老友久别重逢，并从他那儿获得了一件珍贵的礼物——一条名贵的猎犬。它出身高贵，还记得我之前提过的追风犬吗？它就是追风犬的后代。

不过，很可惜的是，这条新猎犬在不久之后，就被一位可恶的猎手当成山鹑误杀了。事后，我非常伤心，干脆把它的毛皮做成了背心，经常穿在身上，以这种方式来纪念它。神奇的是，每当我穿着背心到森林里打猎时，总会有所收获。具体表现就是当我接近猎物时，背心上就会有一颗纽扣自动崩开，直接落到猎物所在的位置。与此同时，我就会立刻往枪膛里填好火药，瞄准对一切毫无所觉的猎物，扣动扳机，向对方开枪。伴随一声枪响，猎物应声倒地，然后我就会走到猎物身边，享受收获的时刻。

朋友们，这件事听起来是不是很神奇？但我说的确实是实话。你们看，这件背心现在就穿在我的身上。直到现在，每次我要出门打猎，都会穿着它。不过，有一点比较麻烦，因为纽扣在打猎时总会崩飞，所以每隔一段时间我就要重新在背心上缝两排纽扣。虽然不知道这件背心为什么这么神奇，但我猜想这可能是那条死去的猎犬对我的报恩吧。

好了，我的故事已经讲完了。我很欢迎未来你们能时常来探望我，相信我绝不会令你们失望。再见，朋友们！我祝愿你们身体健康，阖家幸福，永远快乐。

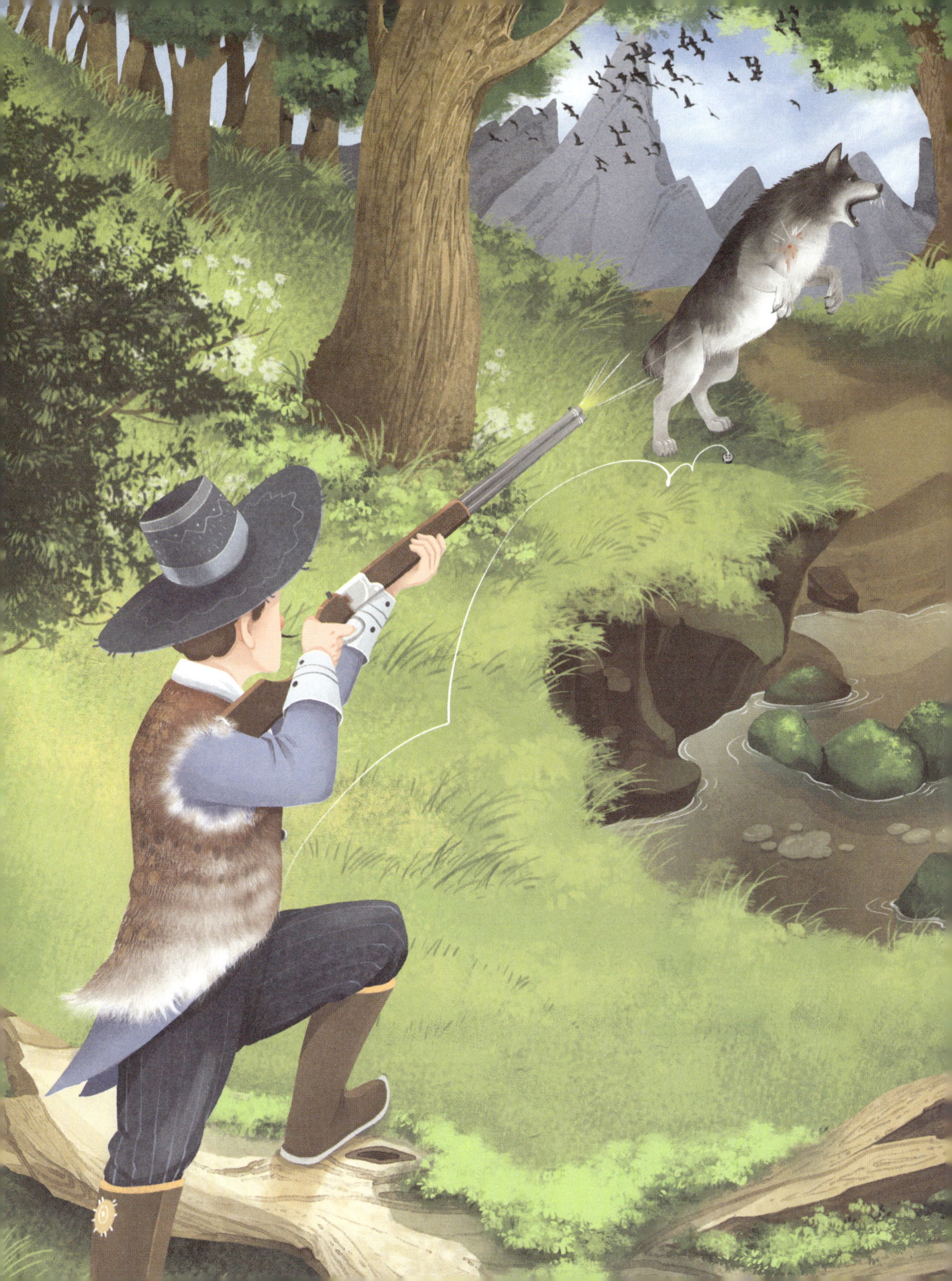

图书在版编目（CIP）数据

吹牛大王历险记 /（德）埃·拉斯伯，（德）戈·毕尔格著；欣然编译. -- 北京：科学普及出版社，2024.1（2024.5重印）
（国际大奖儿童文学）
ISBN 978-7-110-10598-6

Ⅰ.①吹… Ⅱ.①埃…②戈…③欣… Ⅲ.①童话—德国—近代 Ⅳ.①I516.88

中国国家版本馆CIP数据核字（2023）第080178号

总 策 划	周少敏
策划编辑	邓 文 王 蕊
责任编辑	梁军霞
封面设计	书心瞬意
版式设计	翰墨漫童
责任校对	吕传新
责任印制	徐 飞

出　　版	科学普及出版社
发　　行	中国科学技术出版社有限公司发行部
地　　址	北京市海淀区中关村南大街 16 号
邮　　编	100081
发行电话	010-62173865
传　　真	010-62173081
网　　址	http://www.cspbooks.com.cn
开　　本	720mm×880mm　1/16
字　　数	134 千字
印　　张	11.25
版　　次	2024 年 1 月第 1 版
印　　次	2024 年 5 月第 3 次印刷
印　　刷	鸿鹄（唐山）印务有限公司
书　　号	ISBN 978-7-110-10598-6/I・668
定　　价	58.00 元

（凡购买本社图书，如有缺页、倒页、脱页者，本社发行部负责调换）